KB202054

# 생각이 기다리는 여행

[ 일러두기 ]

- 지명, 인명, 상호 등의 표기는 외래어 표기법을 따랐으나 몇몇 예외를 두었습니다.
- 영문 표기와 원화 환산금액은 필요한 경우에 한해서 병기하였습니다.

# 생각이 기다리는 여행

기대할 수 있어도
계획할 수는 없는
여행의 발견

이동진 지음

!

## 발걸음을 멈춘 순간이 생각이 기다리는 여행입니다

도쿄에 갔을 때의 일입니다. 어느 동네의 거리를 지나는데 언덕을 오르는 계단 초입에 푯말이 하나 보였습니다. 거기엔 '저녁노을이 있는 계단'이라고 적혀 있었습니다. 여느 동네 계단과 달리 낭만적인 이름을 붙인 푯말이 인상적이었지만, 그뿐이었지 푯말을 감상하거나 분석할 이유는 없었습니다. 그냥 푯말을 스쳐 지나가면서 발걸음을 재촉했습니다. 가야 할 곳이 있었고, 해는 뉘엿뉘엿 저물고 있었습니다.

서둘러 계단을 올라갔는데, 걸음을 멈출 수밖에 없었습니다. 숨이 가빠서가 아니라 계단 위에 예상치 못했던 장면이 펼쳐져 있었기 때문입니다. 계단을 오른 사람들이 갈 길을 멈추고 노을을 바라보거나, 석양을 배경으로 사진을 찍고 있었습니다. 보통의 경우라면 무심코 지나갔을 언덕이지만, 저녁노을이 있다는 한 마디가 행인의 발길도, 시선도, 시간도, 그리고 생각마저도 붙잡았습니다. 푯말 하나 덕분에 못 볼 수도 있었던 저녁노을을 감상할 수 있게 된 것입니다.

저녁노을에 물드는 사람들을 바라보면서 우리의 여행도 이 장면과 닮아 있다는 생각이 들었습니다. 무엇을 봐야 하는지 알려 주는 푯말이 세워져 있다면 여행에서 볼 수 있는 것들을 놓치지 않겠지만, 누가 여행지에 푯말을 꽂아두는 건 아니니 그냥 지나쳐 버립니다. 그렇다고 저녁노을이 있는 계단처럼 푯말이 세워져 있기를 기대하는 것도 욕심입니다. 누구에게도 푯말을 세워둘 의무는 없으니까요. 그렇기 때문에 여행에서 중요한 풍경을 놓치지 않기 위해선 스스로가 푯말을 세울 수 있어야 합니다.

'생각이 기다리는 여행'

스스로의 여행 앞에 세워두는 푯말입니다. 《퇴사준비생의 도쿄》, 《퇴사준비생의 런던》, 《뭘 할지는 모르지만 아무거나 하긴 싫어》 등 여행 콘텐츠를 기획하고 제작하면서 해외로 출장 갈 일이 잦은데, 그럴 때마다 서울에서는 본 적 없었던 혹은 떠올릴 수 없었던 생각이 여행지에서 기다리고 있을 거라는 기대를 합니다. 그렇게 마음속에 이 푯말을 세워두고 출장을 가면, 어김없이 숨어 있던 새로운 생각이 모습을 드러냅니다. 푯말이 없었다면 흘려보냈을지도 모르는 비경들이 눈에 들어오는 거죠.

예를 들면, 도쿄에서는 과거를 감각 있게 재해석하는 방법을, 타이베이에서는 의도된 비효율의 미덕을, 발리에서는 흔한 것에서 흥할 것을 찾는 역발상을, 런던에서는 작품을 베끼고도 떳떳할 수 있는 이유를, 샌프란시스코에서는 혁신쟁이들의 관찰하는 습관을, 로스앤젤레스에서는 사회적 약자를 배려하는 기술을 만날 수 있었습니다.

이처럼 기대할 수 있었지만 계획할 수는 없었던 여행의 발견을 기록해 '퇴사준비생의 여행www.bagtothefuture.co' 뉴스레터로 매주 발송했습니다. 도쿄, 타이베이, 발리, 런던, 샌프란시스코, 로스앤젤레스 등의 도시에서 발걸음을 멈추게 했던 순간들입니다. 그리고 그중에서 시간이 지나도 여전히 유효하거나 유효할 내용 33개를 모아 《생각이 기다리는 여행》으로 엮었습니다.

'저녁노을이 있는 계단'이 일상을 다시 보게 했듯이, '생각이 기다리는 여행'이 여행을 다시 보게 하는 계기가 될 수 있기를 바라며, 생각이 기다리는 여행을 시작합니다.

階段注意

# TOKYO

# 도쿄

# TAIPEI

## 07 어느 공항으로 갈까요?

68

京盛宇
JING SHENG YU

# BALI

# 발리

# LONDON

# 런던

Poultry
Cheapside
St. Paul's Cathed al
Princes Street
Lothbury
Gresham Street
Guildhall
Barbican Centre

# LONDON

# 런던

# SAN FRANCISCO

# 샌프란시스코

# LOS ANGELES

# 로스앤젤레스

# TOKYO

## 도쿄

DAMIANI
銀座七丁目
Ginza 7
Ferragamo
YAMAHA
TAXI

!

# 01 원래 이런 용도가 아닌데요

#긴자 식스 #옥상 정원 #어포던스 디자인

도쿄의 긴자 거리에는 건물들이 촘촘하게 서 있습니다. 그도 그럴 것이 평당 공시지가가 10억원이 넘는 지역이기 때문에 빈땅을 남겨두기가 쉽지 않습니다. 주차장도 찾기 어려울 정도니, 정원 같은 공간은 사치에 가깝습니다. 이처럼 긴자와 여유는 서로 어울리기 어려운 단어였는데, 유통업계의 변화를 이끌고 있는 '긴자 식스'가 고정관념을 깼습니다.

긴자 식스는 보통의 건물과 달리 옥상을 개방합니다. 이곳에 올라가면 긴자 거리에서 보기 어려운 풍경이 펼쳐집니다. 도심 빌딩을 배경으로 나무와 풀, 그리고 꽃이 조화롭게 자리잡고 있습니다. 옥상에다가 녹색 정원을 꾸며 놓은 것입니다. 일부 공간에 구색을 맞추는 정도가 아니라, 옥상 전체를 정원처럼 구성했습니다. 긴자 식스는 두 블록을 합쳐서 건물을 지었기 때문에 규모도 큽니다. 게다가 건물 테두리를 따

라 산책로도 조성되어 있어, 정원을 거닐며 긴자 주변 지역을 360도로 조망할 수 있습니다.

산책로를 걷다 보면 흥미로운 현상이 눈에 띕니다. 산책로의 외측은 전망과 안전을 동시에 확보하기 위해 담벼락이 아니라 유리벽으로 되어 있는데, 유리벽을 지지하기 위해 설치해 놓은 구조물을 벤치 삼아 곳곳에 사람들이 앉아 있는 것입니다. 지지대이기 때문에 벤치처럼 생기지도 않았고, 심지어 산책로 안쪽에 벤치가 있는데도 불구하고 사람들은 구조물에 앉아서 이야기를 하거나, 풍경을 감상하거나, 책을 읽는 등의 행동을 하고 있었습니다.

의도하지는 않았지만 앉는 행위를 유도하는 지지대를 보면서 '어포던스Affordance' 디자인이 떠올랐습니다. 어포던스 디자인은 행동을 이끌어 내는 디자인을 말하는데, 무인양품의 디자인 고문인 '후카사와 나오토'의 설명을 참고하면 이해하는 데 도움이 됩니다.

"여자 친구와 단둘이 드라이브를 하고 있을 때 커피가 마시고 싶어서 자동판매기 앞으로 다가갔다고 하자. 동전을 넣고 버튼을 누르면 종이컵에 한 잔의 커피가 담겨 나온다. 이 컵을 손에 든다면 지갑에서 다음 동전을 꺼내어 자동판매기에 투입할 수 없다. 종이컵을 어딘가에 두어야 한다. 그런데 바로 옆에 컵을 올려 두면 딱 좋을 만한 높이의 승용차 지붕이 있다. 모양새는 나쁠지 모르지만 어쩔 수 없이 컵을 일단 승용차 지붕에 놓고 다음 커피를 위하여 동전을 넣는다. 이 경우 지붕은 분명 탁자로 설계된 것은 아니지만 그 알맞은 높이와 평평한 판은 커피를 둔다는 행위를 '이끌어 내고' 있다. 그 결과로서 지붕 위에 커피를

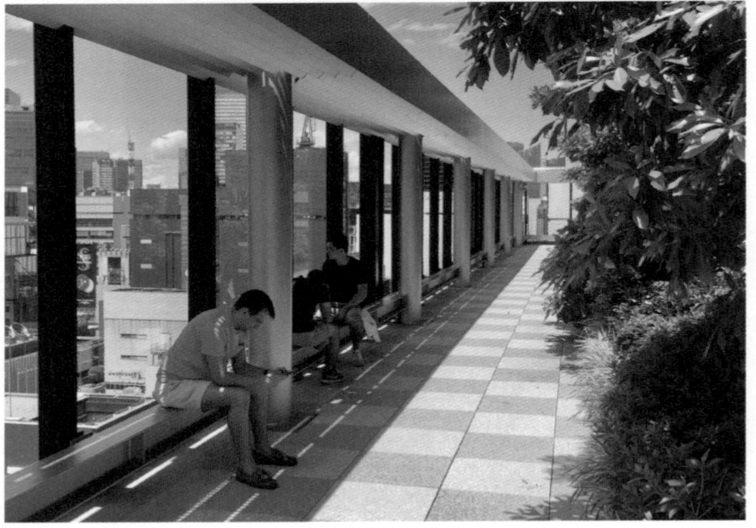

둔다는 행위가 발생한다. 이와 같이 어떤 행위와 연결 지을 수 있는 다양한 환경과 상황을 종합적이고 객관적으로 관찰해 나가는 태도가 '어포던스'이다."

《디자인의 디자인》 중

후카사와 나오토의 설명에서 알 수 있듯이, 자동차 지붕은 컵받침대를 목적으로 디자인되지 않았지만 상황에 따라서 컵받침대로 사용될 수도 있습니다. 마찬가지로 긴자 식스 옥상 정원의 유리벽을 지지하는 구조물도 벤치로 디자인되지는 않았지만, 전망을 바라보는 최적의 위치인 동시에 걸터 앉을 수 있을 만큼의 높이에 설치되어 있어 앉는 행위를 유도하는 것입니다.

궁금해서 저도 앉아봤습니다. 벤치를 목적으로 했다면 시도하지 않았을 낮은 높이와 유리벽과의 적당한 간격이 주는 안락함이 있었습니다. 유리벽을 지지하는 구조물이 벤치로 사용되는 것처럼, 때로는 의도하지 않아도 의도되는 결과에 관심을 가질 필요가 있습니다. 새로운 기회와 가능성을 발견할 수 있을지도 모르니까요.

!

# 02 세상에 없을 뻔한 세상에 없던 센스

#하기소 #숫자의 의미 #재치 있는 포부

‘건물의 장례식’

낡고 오래된 하숙집이 사라질 위기에 처하자, 하숙을 하던 도쿄 예술대학 학생 ‘미야자키 미츠요시’가 기획한 이벤트입니다. 그는 자신이 살던 공간이 사라지는 것이 안타깝고 아쉬웠습니다. 그래서 집주인에게 건물을 부수기 전에 전시회를 열자고 제안합니다. 건물의 마지막을 기념해서 나쁠 게 없고, 대학생의 순수한 마음을 모르지 않기에 집주인도 그의 요청을 들어줍니다.

건물의 장례식이자 아트 전시회인 ‘하기엔날레’가 열리자 뜻밖의 반응이 있었습니다. 인적이 드문 동네에 3주 동안 1,500여 명이 다녀가며 인기를 끌었습니다. 건물의 마지막을 기념하는 이벤트였지만, 역설적이게도 집주인은 이 전시회 때문에 건물을 부수지 못했습니다. 낡고 오래된 건물이 아니라 낡고 오래된 방식이 문제라는 것을 깨달았기 때문입니다. 건물의 가치를 재인식한 집주인은 건물의 장례식을 기획했던 미야자키 미츠요시에게 리모델링을 맡깁니다. 그는 건물을 부수지 않고 그대로 둔 채, 하숙집을 '하기소'로 재탄생시키며 공간에 활력을 불어넣습니다.

하기소는 2개 층으로 되어 있는데, 그는 1층을 카페 공간과 전시 공간으로 구성했고 2층을 '하나레' 호텔의 리셉션으로 꾸몄습니다. 하나레 호텔은 '온 마을을 호텔로 만든다.'는 컨셉을 가진 호텔로, 숙박 시설만 자체적으로 마련해두고 보통의 호텔이 제공하는 부대 시설은 동네의 식당, 헬스장, 세탁소, 목욕탕 등과 연계해 제공하는 곳입니다. 하나레 호텔의 컨셉도 인상적이었지만, 더 눈에 띄었던 건 1층의 공간입니다.

카페야 평범했지만, 전시장은 건물의 장례식을 통해 재탄생시킨 공간답게 세월의 흔적을 간직하려는 고민의 흔적이 담긴 곳이었습니다. 건물이 지어지고 나서의 히스토리뿐만 아니라 하기소로 바꾼 후 그동안 진행했던 다양한 이벤트의 내용을 이미지와 함께 벽면을 따라서 기록해 두었습니다.

빼곡하면서도 정갈하게 정리한 비법이 무엇일지 궁금해 한참 들여다보고 있는데, 2가지 특징을 발견할 수 있었습니다. 하나는 진행했던 이벤트를 전시, 공연 등으로 나누고, 각

hanare

각 고유한 색을 부여해 구분한 것이었습니다. 색을 인덱스로 활용하는 건 기록을 깔끔하게 하는 데 도움이 되는 요소였으나, 다른 곳에서도 흔히 볼 수 있는 방식이었습니다.

하지만 또 다른 하나는 처음 보는 방식이었는데, 아무리 디코딩해도 해석하기가 어려웠습니다. 중간 중간에 0/58, 1/59, 2/60 등 분수로 표현한 숫자들이 있었고 마지막에는 5/63이 큼지막하게 적혀 있었습니다. 숫자 간의 연관성은 있어 보였지만, 어떤 의미를 담은 건지 도무지 추측할 수 없었습니다. 아무 숫자나 적은 것은 아닌 것 같아 궁금증을 참지 못

5/63

HAGISO 5周年企画展

하고 직원에게 물어봤습니다.

"분모는 건물의 나이이고, 분자는 하기소의 나이입니다."

세월의 흔적이 느껴졌던 이유였습니다. 건물을 구성하는 요소를 형태적인 부분과 운영적인 부분으로 구분해, 건축물로서의 역사와 재생 공간으로서의 변화를 동시에 기록으로 담아내고 있었습니다. 벽면을 따라 빼곡하면서도 정갈하게 나열한 숫자와 글자, 그리고 이미지는 건물이 버텨온 시간을 보존하

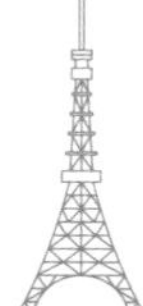

時より宗林
ゃかって、
エ兼シェア
ていました。
元々の東京
展「ハギエ

HAGISO

HAGISO は 2 階建てです。1 階にはギャラリー (HAGI ART)、カフェ (HAGI CAFE)、レンタルスペース (HAGI ROOM) があります。いわゆる貸しギャラリーでもコマーシャルギャラリーでもない、多様な活動が境界を越えて一体となり、リアルタイムで展開していく場です。展示空間としてだけではなく、ダンスや音楽の舞台、ワークショップスペース、トークイベントスペース、そして時には映画上映の場としても使われています。

면서, 건물이 거듭난 공간까지 표현하는 세련된 방식이었습니다.

하기소의 센스에 감탄하면서 전시장 중앙으로 시선을 돌리자, 매월 발간된 하기소의 소식지를 진열해 놓은 곳이 눈에 들어왔습니다. 벽면의 기록만큼이나 정갈하고 반듯한 모양새였습니다. 어떤 내용을 전하는지가 궁금해 소식지를 펼쳐 들었다가, 하기소의 센스에 또 한 번 무릎을 쳤습니다.

소식지 한편에서 스카이트리, 도쿄 타워 등 도쿄의 상징적인 고층 빌딩들과 2층짜리 하기소를 같은 선상에 놓고 비교하고 있었습니다. 누가 봐도 비교의 대상이 아닌데, 랜드마크와 하기소를 대비시키며 낡고 오래된 건물의 위풍당당함을 끌어올렸습니다. 하기소를 다시 보게 하는 재치 있는 이미지이자, 하기소의 포부가 담겨 있는 메시지였습니다.

건물의 장례식을 치른 후, 집주인이 원래 계획했던 것처럼 낡고 오래된 건물을 부수고 새로운 건물을 지을 수도 있었습니다. 하지만 자본과 기술을 투입해 건물을 다시 세워야 공간을 변신시킬 수 있는 건 아닙니다. 하기소를 만든 미야자키 미츠요시처럼 생각만으로도 낡고 오래된 건물을 재탄생시킬 수 있습니다. 공간이 생명력을 잃는 건 건물의 수명이 다해서가 아니라 상상력이 부족해서가 아닐까요.

!

# 03 현대적인 과거 혹은 과거다운 현재

#킷테 #공중권 #휴먼 스케일

•••

DIFFERENCE

도쿄역을 끼고 있다고 버틸 재간이 있는 것은 아니었습니다. 교통과 통신이 발달하는 데다, 그에 따라 부도심이 부상하니 마루노우치 지역의 경쟁력은 점점 무뎌졌습니다. 도쿄역 앞에 위치한 이점이야 여전했지만, 더이상 그것만으로 승부하기는 어려웠습니다. 시대의 변화에 따라가기 위한 변신이 필요했습니다. 그래서 마루노우치 지역을 재개발하기 시작했습니다. 그러면서 이 지역을 일본의 중심이 아니라 세계의 중심으로 발전시키려는 비전을 세웠습니다.

마루노우치 지역을 글로벌 비즈니스의 최전선으로 만들기 위해 정부도 전폭적인 지원을 했습니다. 각종 건축 규제를 대폭 완화하고, 건물이 사용하지 않은 용적률을 다른 건물에 팔 수 있는 권리인 '공중권'도 허용했습니다. 용적률에 따라 건물을 지을 수 있는 높이가 법적으로 정해져 있는데, 최대치까지 사용하지 않은 건물의 남은 높이를 매입해 건물을 정해진 용적률보다 더 높게 지을 수 있게 된 것입니다. 특히 3층 높이의 도쿄역이 사용하지 않은 용적률이 많았기에 주변 건물들이 공중권을 적극적으로 사들일 수 있었습니다.

공중권 덕분에 위풍당당해진 마루노우치 주변의 빌딩들을 보다보면 공통점을 발견할 수 있습니다. 건물은 제각각인데, 하나같이 6층 정도의 높이에 해당하는 지점을 자로 잰듯

구분해 두었습니다. 저층부와 고층부 구분없이 빌딩을 짓는 것이 더 효율적일텐데, 어떤 이유에서 건물을 나누어 놓은 것일까요?

2가지 이유가 있습니다. 첫째는 과거를 보존하기 위함입니다. 예전에는 건물의 높이를 31m로 제한했습니다. 그 때의 건축 기술로는 6층 정도 높이로 건물을 지어야 지진으로부터 안정성을 확보할 수 있었기 때문입니다. 물론 지금은 초고층 빌딩도 지을 수 있을 만큼 건축 공법이 발전해 31m라는 높이

가 무색해졌습니다. 하지만 과거의 건물들이 가지고 있던 의미와 형태를 직간접적으로 유지하려는 목적으로 저층부를 남겨두고 그 위에 고층부를 올린 것입니다.

둘째는 휴먼 스케일을 반영하기 위함입니다. 휴먼 스케일은 사람의 체격을 기준으로 하는 척도로 사람의 자세, 동작, 감각에 입각한 단위입니다. 사람은 지나치게 거대한 공간에 있으면 불안해하는데, 휴먼 스케일로 설계를 하면 그런 감정을 줄일 수 있습니다. 마루노우치 지역은 공중권 거래로 더 거대해진 만큼 사람을 압도하는 곳이 될 수도 있었습니다. 하지만 고층부와 저층부를 구분하고 고층부를 저층부보다 좁은 면적으로 올려, 거리를 걷는 사람이 보기엔 저층부만 인지할 수 있도록 설계했습니다. 가까이에선 6층 정도의 건물처럼 보이니 위압감이 줄어드는 것입니다. 과거를 보존하면서도 그곳에서 생활하는 사람들까지 배려하는 지혜가 돋보입니다.

휴먼 스케일을 고려해서 지은 도쿄역 앞의 건물 중에서도 눈에 띄는 건물이 있습니다. ‘JP 타워’입니다. 도쿄 중앙 우체국이 있던 자리에 리모델링을 하면서 우체국 건물의 외관을 그대로 둔 채로 고층부와 저층부를 이질적으로 지었기에 더 주목도가 높습니다. JP 타워를 더 돋보이게 하는 건, 저층부에 들어선 복합 상업시설 ‘킷테KITTE’ 입니다. 공간의 뼈대뿐만 아니라 우체국의 역할과 의미까지 계승하여 킷테를 구성했습니다. 한 통의 편지가 사람 사이를 연결하듯이, ‘연결’을 테마로 사람과 사람, 거리와 거리, 시대와 시대를 연결하는 공간으로 만든 것입니다. 또한 우표를 뜻하는 킷테라는 이름도 우체국을 연상시킵니다.

이곳에 들어서면 기분이 트입니다. 기둥 하나 없이 6층이

통째로 뚫려 있기 때문입니다. 원래 중앙 우체국으로 사용할 당시에는 이 공간에 기둥이 촘촘히 세워져 있었습니다. 그 때에는 기둥 없이 6층 건물을 짓는 일은 상상할 수 없었습니다. 하지만 이제는 기둥 없이도 건물을 지탱할 수 있어, 기둥 대신 공간감으로 건물을 채웠습니다. 이 탁트인 공간에 또하나의 현대적인 과거 혹은 과거다운 현재가 숨어 있습니다.

기둥을 없애서 공간감을 연출했으나, 과거를 지우진 않았습니다. 바닥에 팔각형 모양으로 생긴 틀을 만들어 기둥이 있던 자리에 흔적을 남겨둔 것입니다. 여기까지야 상상 가능한 방식일 수 있지만 기둥이 있던 자리에서 고개를 들어 천장을 보면 생각이 바뀝니다. 천장에 금속 소재로 만든 선이 과거를 품어내듯, 기둥 모양을 따라 예술 작품처럼 늘어져 있기 때문입니다. 과거의 장소성을 보존하면서도, 컨템퍼러리적인 장식으로 승화시키는 세련된 방식입니다.

시간을 이기는 공간 만큼이나 시간을 이어가는 공간도 매력적입니다. 건물 안팎으로 현대적인 과거 혹은 과거다운 현재가 숨어 있는 마루노우치 지역이 인상적인 이유입니다.

!

# 04 모닝 커피에 반성 한스푼

#넨도 디자인 #문제해결력 #뜻밖의 교훈

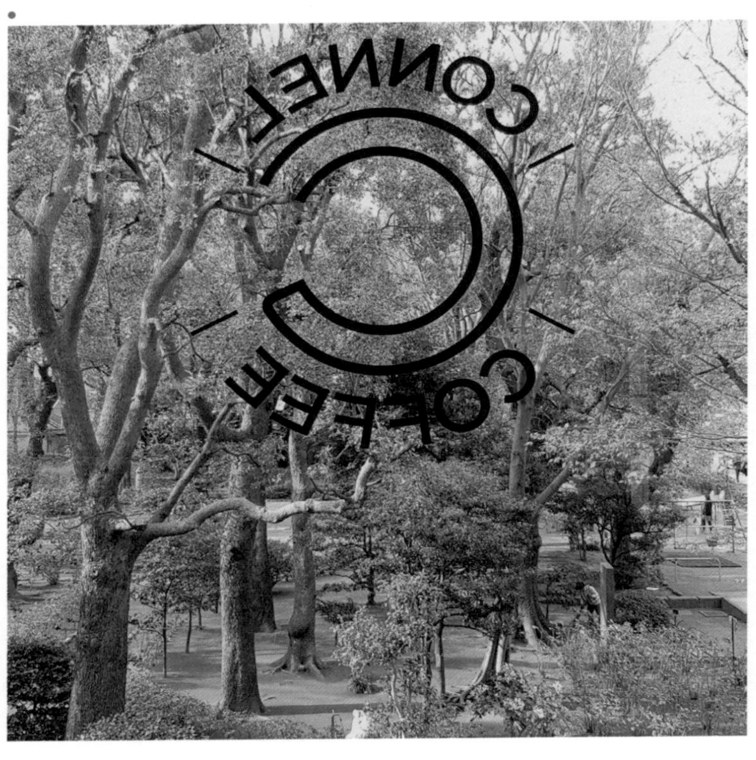

《퇴사준비생의 도쿄》에서 소개한 마지막 콘텐츠는 초콜릿 가게 '비 바이 비B by B' 입니다. 벨기에의 미쉐린 스타 쉐프가 만든 초콜릿 가게여서가 아니라, 이 브랜드가 해외에 오픈한 첫 매장을 '넨도 디자인이하 넨도'이 디자인했기 때문에 소개했습니다. 비 바이 비는 좁은 공간을 감각 있게 넓힌 넨도의 문제해결력이 돋보이는 곳입니다. 그러나 안타깝게도 긴자에서 신주쿠로 매장을 이전하면서 공간 구성이 달라져, 더이상 넨도의 아이디어를 눈으로 확인할 수 없게 되었습니다.

넨도의 문제해결력을 경험할 수 있는 다른 공간을 찾고 싶었습니다. 그래서 넨도가 '마더 포트Mother port' 커피와 제휴하여 디자인 한 '코넬 커피Connel coffee'를 찾아갔습니다. 복층 구조에 통유리로 창을 낸 인테리어가 특징인 카페에서, 창밖을 보는 대신 매장 내부를 살폈습니다. 넨도의 문제해결력을 찾기 위해서입니다.

넨도라면 카페를 디자인할 때도 남다른 생각을 했을 거라 예상했는데, 역시 기대를 저버리지 않았습니다. 창 측 바 테이블 좌석에 넨도의 반짝이는 아이디어가 숨어 있었습니다. 여느 카페처럼 창 측 바 테이블에 콘센트를 사용할 수 있는 좌석이 있었는데, 그 어디에서도 볼 수 없던 방식으로 콘센트를 설치해 놓은 것입니다.

코넬 커피에서 발견한 콘센트는 바 테이블 하단에 위치해 있었습니다. 인테리어 디자인을 고려해서 테이블 하단에 콘센트를 설치하는 건 특별하지 않았지만, 넨도는 콘센트를 테이블 아래쪽의 벽에 설치하지 않고 테이블 하단에 ㄷ 자 모양으로 홈을 낸 후 홈의 바닥면에 콘센트를 올려 두었습니다. 어떤 이유에서 콘센트 위치를 달리한 것일까요?

고객 관점에서 보면 넨도의 의도를 유추할 수 있습니다. 고객이 카페에서 콘센트를 찾는 경우는 노트북을 쓸 때나 스마트폰을 충전할 때입니다. 우선 노트북을 충전할 때를 상상해 보겠습니다. 최신형 노트북은 코드와 어댑터가 일체형으로 되어 있기도 하지만, 보통의 노트북은 코드 선 중간에 어댑터가 있어 코드를 꽂은 후 어딘가에 어댑터를 놓아야 합니다. 이때 어댑터를 바닥에 두면 어댑터가 바닥에 긁히거나 지저분해지고, 테이블 위에 위치시키면 테이블 사용 공간이 좁아지는

문제가 발생합니다.

이런 상황에서 넨도가 낸 아이디어는 빛을 발합니다. ㄷ 자 모양으로 홈이 파여 있고, 홈의 바닥 면에 콘센트가 있기에 코드를 꽂고 그 옆에 어댑터를 놓을 수 있습니다. 바닥과 테이블 사이에 어댑터를 위한 별도의 공간을 만든 셈입니다. 바닥이 아니라 긁히거나 지저분해질 리도 없고, 테이블 위가 아니니 사용 공간이 좁아질 리도 없습니다.

ㄷ 자 모양의 홈은 노트북뿐만 아니라 스마트폰을 충전할 때도 요긴하게 쓰일 수 있습니다. 스마트폰을 충전할 때는 노트북과 달리 별도의 어댑터가 필요 없습니다. 그래서 ㄷ 자 형

태의 홈이 특별한 역할을 하지 못하는 듯 보입니다. 하지만 몰입을 위해 스마트폰을 의도적으로 멀리 하려고 하는 사람들에게 ㄷ 자 모양의 홈은 스마트폰을 충전하면서 숨겨두기 적합한 공간입니다. 스마트폰을 홈의 바닥면에 두고 작업을 하거나 독서를 하면 몰입도를 높일 수 있는 환경이 조성되기 때문입니다.

콘센트 하나를 설치하더라도 넨도가 디자인하면 달랐습니다. 고객 관점에서 생각하고, 고객의 불편함을 개선할 수 있는 방법을 찾았습니다. 넨도의 문제해결력에 감탄하고 있는데, 한 손님이 카페로 들어왔습니다. 카페에 아무도 없었던 터라 자연스럽게 시선이 갔습니다. 왠지 모르게 익숙한 얼굴이었습니다. 넨도의 대표 '사토 오오키'였습니다. 너무나도 만나보고 싶던 사토 오오키가 눈앞에 등장한 것입니다.

취재를 다닐 때는 사람 만날 일이 없어 후줄근하게 다니는데, 하필 초췌한 모습으로 그를 마주쳤습니다. 물론 그는 관심조차 없을테지만, 평소라면 체면이 구겨질까봐 그냥 지나쳤을 겁니다. 하지만 다시 없을 기회일지도 모른다는 생각에 말을 걸었습니다. 한국에서 왔다고 소개하고 팬임을 밝히면서, 용기 내어 사진 한 장 같이 찍어도 괜찮은지 물어봤습니다. 연예인을 봐도 무덤덤한데 사토 오오키 앞에서는 그럴 수 없었습니다. 종종 있는 일인지, 그는 당황하지 않고 자연스럽게 포즈를 취해주었습니다. 명함을 교환하고 마지막 인사를 나눈 뒤 그는 커피를 받아들고 카페를 나섰습니다.

그가 떠난 후 부끄러움이 밀려왔습니다. 후줄근한 모습이 부끄럽기도 했지만, 그토록 만나보고 싶던 사람을 만났는데 팬이라는 말 외에 제대로 된 이야기를 나누지 못해서 부끄러웠습니다. 그를 만나보고 싶다는 바람만 있었을 뿐, 만나서 어떤 이야기를 하고 싶은지, 무엇이 궁금한지 등에 대한 고민은 없었습니다. 그래서 정작 기회가 왔을 때 아무 말도 하지 못한 저 자신이 부끄러웠습니다.

준비한다고 기회가 오는 건 아니겠지만, 준비하지 않으면 기회가 와도 소용이 없습니다. 이 평범한 진리를 비범한 사토 오오키와의 만남을 통해 깨닫게 되어, 그날따라 모닝 커피가 쓰게 느껴졌습니다. 만나보고 싶은 사람이 있다면, 그를 만났을 때 어떤 이야기를 하고 싶은지도 함께 고민하는 습관을 길러야겠다는 뜻밖의 교훈을 얻었지만요.

!

# 05 재해를 대비하는 지혜

#주변 안내도 #예방보다 대비 #안전제일

전쟁에서 승리한 장군과 전쟁이 일어나지 않게 막은 장군 중 누가 더 영웅일까요?

영웅으로 칭송받는 쪽은 전쟁에서 승리한 장군일 것입니다. 평화를 유지하는 일이 인류를 위해 더 의미 있을지라도, 사람들은 전쟁을 막은 장군에 대해서는 관심조차 갖지 않습니다. 사후 처리보다 사전 예방이 더 중요한데, 현실은 사전 예방을 유도할만한 보상이 없는 셈입니다. 월가의 현자 '나심 니콜라스 탈레브'가 《블랙 스완》에서 언급한 아이러니입니다.

그의 설명처럼 사전 예방은 중요합니다. 일어나지 않아야 할 일을 막는 걸 장려해야 마땅합니다. 그러나 예방의 중요성을 강조한다고 해도 막을 수 없는 일이 있습니다. 자연 재해입니다. 사람이 하는 일이야 사전에 만전을 기하면 사고가 발생하지 않을 수도 있지만, 자연 재해를 예방할 방법은 없습니다. 자연 재해 앞에서 사람이 사전에 할 수 있는 최선은 예방이 아니라 '대비'입니다. 자연 재해를 막을 수 없으니, 자연 재해가 일어났을 때 피해를 최소화할 수 있도록 조치하는 일이 필요합니다.

일본은 지리적 특성상 지진 발생 위험이 높기 때문에 자연 재해에 대한 사전 대비를 중요시 여깁니다. 1981년부터 건축물을 지을 때 의무적으로 내진 설계를 하도록 법으로 규정했고, 그 이전에 지어진 건물의 경우에는 내진 설계 건물로 리모델링 할 수 있도록 정부에서 지원하고 있습니다. 그 결과 2013년에 80% 이상의 내진화율을 기록했으며, 도쿄 올림픽이 열리기 전까지 내진화율을 95% 수준까지 끌어 올릴 계획입니다.

그뿐 아닙니다. 내진 설계처럼 하드웨어적인 사전 대비에 그치지 않고 소프트웨어적인 사전 대비에도 신경을 씁니다. 거리를 걷다 보면 건물 창문에 표시되어 있는 역삼각형 모양의 빨간색 화살표를 볼 수 있는데, 이는 지진 등의 재해 발생시 소방관들이 건물 내부로 진입하고 사람들을 대피시킬 수

있는 통로라는 표시입니다. 탈출구 표시를 해둔 유리창은 강화 유리가 아니라 깨기 쉬운 일반 유리를 사용해야 하며, 해당 창문 아래에는 탈출에 방해되는 물건을 적치할 수 없습니다.

재해 발생시 피해를 최소화하기 위해, 내진 설계처럼 눈에 보이지 않는 조치와 탈출구 표시처럼 눈에 띄는 조치를 동시다발적으로 하는 것입니다. 그러나 이 정도로는 부족했는지

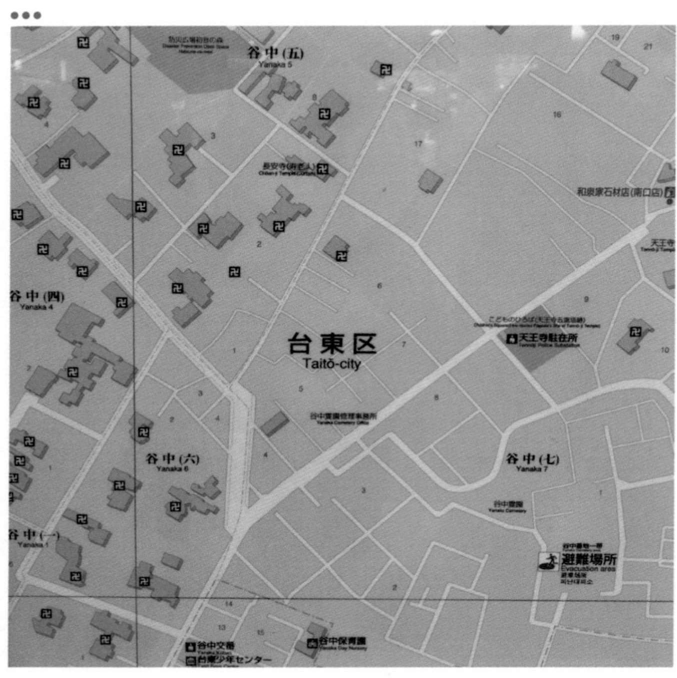


지하철역에서도 또 다른 사전 대비를 하고 있었습니다. 닛포리역에 가지 않았다면 발견하기 어려웠을 내용입니다.

콘텐츠 취재를 위해 닛포리역에 갔을 때, 지하철역을 나서며 무심코 주변 안내도를 봤다가 남다른 분위기에 시선이 멈췄습니다. 지도 좌측 편에 절이 유난히 많아 보였기 때문입니다. 자세히 들여다보니 한집 건너 하나가 아니라 온 동네가

절이었습니다. 일본은 크리스마스가 공휴일이 아닐 정도로 기독교 신자 비율이 낮고 불교 신자 비율이 더 높긴 하지만, 그럼에도 무종교 비율이 50%가 넘는 점을 감안했을 때 절이 집중적으로 모여 있는 풍경은 새로웠습니다.

흥미로운 동네라는 생각을 하면서 주변 안내도를 지나치려는 순간, 우측 하단의 피난 대피소가 눈에 들어왔습니다. 피난 대피소의 아이콘 옆에 한글로 '피난 대피소'가 적혀 있었기 때문입니다. 자연 재해 등이 발생했을 때 대피할 수 있는 장소가 따로 있다는 것도 특징적이었지만, 더 인상적이었던 건 표기 방식입니다. 보통의 장소명은 일어와 영어로만 표기해 두는데, 다른 곳과 달리 피난 대피소에는 한글과 간자체까지 병기해 둔 것입니다. 위급 상황 발생시 일어와 영어를 읽을 수 없는 관광객까지도 배려한 조치입니다.

실제로 지진 등의 재난이 발생했을 때 주변 안내도가 멀쩡히 붙어 있을지는 알 수 없습니다. 하지만 적어도 자연 재해로부터의 피해를 최소화하기 위해 사람이 할 수 있는 사전 대비에 최선을 다하는 건 분명해 보였습니다. 지진에도 강도가 있듯이 사전 대비에도 강도가 있다면, 높은 등급의 사전 대비라는 생각이 들었습니다. 물론 사전 대비를 철저하게 했다 해도 자연 재해가 일어나지 않는 것이 최선이겠지만요.

!

# 06 핵심을 꿰뚫으면 달라지는 것들

#긴자 식스 #오프라인의 미래 #업의 본질

'긴자 식스'의 등장에 업계의 관심이 쏠렸습니다. 온라인 쇼핑으로 인해 오프라인 매장이 힘을 잃어가고 있는 시대에, 백화점의 격전지인 도쿄 긴자 지역에서 후발 주자로 뛰어든 백화점이 어떻게 차별화할 것인지 궁금했기 때문입니다. 오랜 공사 기간을 거쳐 2017년 4월에 오픈한 긴자 식스는, 관심에 화답하듯 유통업계가 나아가야 할 미래를 제시했습니다.

핵심은 '현장성'입니다. 이곳이 아니면 경험할 수 없는 매장들로 공간을 구성했습니다. 방법은 3가지입니다. 첫째로 일본에 처음 상륙하는 해외 브랜드 매장을 입점시켰고, 둘째로 지방의 강호들 중 도쿄에 처음으로 진출하는 매장들을 섭외했으며, 셋째로 도쿄에서 이미 만날 수 있는 브랜드라면 일본 내 최대의 플래그십 스토어로 꾸몄습니다.

여기에다가 '체류성'을 더했습니다. 긴자 식스는 뉴욕 현대미술관을 디자인한 '다니구치 요시오'가 설계했는데, 그는 일부 구역의 매장 동선을 구불구불하게 디자인했습니다. 긴자 지역의 골목길 정취를 구현해 산책하는 기분을 살리려는 목적입니다. 또한 백화점의 중앙 천장에 '쿠사마 야요이' 등 유명 작가의 거대한 작품을 전시하고, 곳곳에 리빙 월 아트나 퍼블릭 아트를 전시해 갤러리처럼 꾸몄습니다. 여유롭게 머무를 수 있는 분위기를 조성하기 위함입니다. 그뿐 아니라 6층 공간

은 '츠타야 서점'과 '스타벅스'를 중심으로 구성했습니다. 쇼핑이 목적이 아니더라도 시간을 보낼 수 있도록 만든 것입니다.

고객을 체류하게 만드는 요소 중에서 으뜸은 츠타야 서점입니다. 일본 전역에 1,400여 개의 지점이 있는 츠타야 서점 역시도 긴자 식스에 입점하면서, 다른 지점과는 차별화된 컨셉으로 서점을 구성해 고객들이 머무를 이유를 제공합니다. 이 지점은 긴자 지역의 특성상 일본인뿐만 아니라 외국인 방문객이 높다는 점을 고려해 언어의 제약을 덜 받는 '예술'을 테

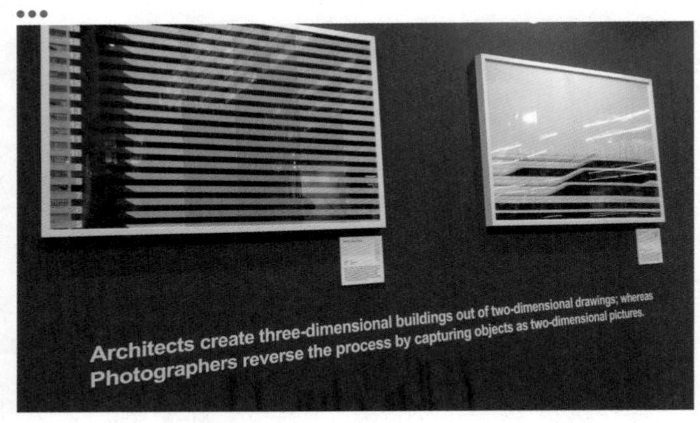
Architects create three-dimensional buildings out of two-dimensional drawings; whereas
Photographers reverse the process by capturing objects as two-dimensional pictures.

마로 책을 큐레이션 했고, 서점의 일부 공간에 '일본을 편집한다.'는 컨셉으로 일본 문화를 소개하는 코너를 마련했습니다.

또한 츠타야 서점 긴자 식스점에는 전시 공간도 있는데, 이곳에서는 주기적으로 테마를 정해 예술 작품을 전시합니다. 제가 방문했을 때는 '고층 빌딩 그 이상, 건축물로 탐험하는 홍콩More than high-rise. Exploring Hong Kong through architecture'이라는 주제의 전시가 열렸습니다. 전시의 내용이 궁금해 곳곳에 자리잡은 홍콩의 건축 모형물과 사진을 쓱 둘러보다가, 마음에 쏙 드는 문구를 마주쳤습니다.

'Architects create three-dimensional buildings

out of two-dimensional drawings; whereas photographers reverse the process by capturing objects as two-dimensional pictures.'

홍콩의 건축물을 찍은 사진 아래에 붙어있는 문구였습니다. 수평과 수직을 반듯하게 맞춘 것 말고는 특별한 포인트가 없는 사진이었습니다. 하지만 '건축가들은 2차원의 설계도에서 3차원의 빌딩을 만드는 반면, 사진가들은 그 빌딩을 2차원의 사진으로 찍음으로써 그 과정을 되돌려 놓는다.'는 설명이 더해지자 사진에 깊이가 생겼습니다. 심지어 평면의 사진이 입체적으로 보이기까지 했습니다. '투고 청Tugo Cheng'이라는 사진작가가 자신이 하는 일의 본질을 명쾌하게 표현했기에 가능한 일이었습니다. 그리고 핵심을 꿰뚫은 설명 덕분에 여러 작품 중에 가장 마음에 와닿았습니다.

유통업계의 격전지인 도쿄 긴자 지역에서 긴자 식스가 두각을 나타내는 것도, 1,400여 개의 츠타야 서점 중에서도 긴자 식스점이 차별화되는 것도, 전시회의 창의적인 작품들 중에서도 투고 청의 작품이 기억에 남는 것도, 결국 핵심을 꿰뚫는 생각이 만든 결과입니다. 핵심을 이해하기 위해 시간을 투자하는 일이 중요한 이유입니다.

# TAIPEI

## 타이베이

07 어느 공항으로 갈까요?

08 언어를 몰라도 해외의 서점에 가는 이유

09 패키지 안쪽에 그려진 원의 정체

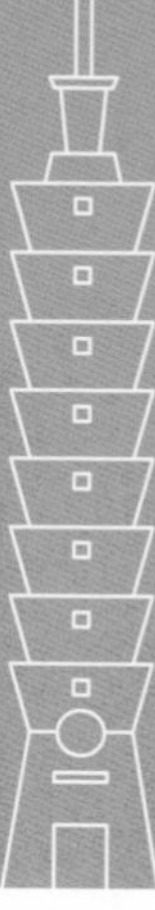

!

# 07 어느 공항으로 갈까요?

#타오위안 공항 #비효율의 미학 #모범적 리모델링

비행기 티켓을 끊을 때 무엇을 고려하시나요? 가격, 출발 시간, 경유 여부, 항공사 등 여러 가지 선택 기준이 있지만, 이에 못지 않게 공항이 중요하다고 생각합니다. 방문하는 도시에 2개 이상의 공항이 있는 경우, 어떤 공항으로 입국하느냐에 따라 여행의 경험이 달라지기 때문입니다.

여기서 말하는 여행의 경험은 2가지 측면으로 나뉩니다. 하나는 공항 자체에 대한 경험입니다. 공항마다 공간 디자인, 동선 설계, 시설 관리 등이 다른데, 이에 따라 도시의 첫인상이 좌우됩니다. 또 다른 하나는 공항에서 도심까지 이동하는 경험입니다. 공항이 도심에서 멀 경우 이동에 시간이 더 소요되고, 그만큼 여행의 경험에 손실이 생깁니다. 어차피 공항이야 지나치는 곳이니 공항 자체의 경험에 무게 중심을 두지 않는다 해도, 여행의 효율성과 직결되어 있는 이동 시간은 중요하게 고려해야 합니다.

이러한 판단 기준이라면 타이베이를 갈 때 김포-쑹산 노선을 선택했어야 합니다. 하지만 여행 프로그램을 신청한 팀이 인천-타오위안으로 왕복하는 특정 항공사의 비행 편을 선호해서, 사전답사를 갈 때 타오위안 공항 제1터미널로 타이베이에 들어갔습니다. 타오위안 공항은 처음이었던 터라 첫인상을 궁금해하며 비행기에서 내렸는데, 입국장에서 마주친 공항의 우아한 디자인에 감탄이 나왔습니다.

보통의 공항은 층고가 높게 트여있고 천장과 외벽이 박스형으로 이어진 반면, 타오위안 공항 제1터미널은 천장과 외벽이 현수교처럼 유선형으로 연결되어 있었습니다. 천장과 외벽의 경계가 없는, 그래서 처마를 연상시키는 디자인이 낯설면서도 우아한 공간감을 만들어냈습니다. 효율적 관점에서 보면 박스형으로 설계하는 편이 나았겠지만, 심미적 관점에서 보면 반대였습니다. 유선형으로 디자인하니, 그 어느 공항에서도 보기 어려운 차별성이 생겼습니다.

비효율적인 아름다움에 심취하면서, 한편으로는 이 공항을 디자인한 사람의 상상력과 채택한 사람의 과감함에 대한 궁금증이 났습니다. 그래서 타오위안 공항 제1터미널을 설계한 업체를 찾아봤다가 또 한 번 감탄을 하게 됩니다.

타오위안 공항 제 1터미널은 처음부터 이런 모양이 아니

© Norihiko Dan and Associates

었습니다. 중앙 부분이 오목하게 들어간, U자 형의 지붕을 가진 건물이었는데, '워싱턴 덜레스 공항'을 본 따 만들어서 모양이 유사했습니다. 얼마나 비슷했냐면, 대만 여권 속지에 들어갈 공항 이미지를 타오위안 공항이 아닌 덜레스 공항으로 잘못 인쇄하는 바람에 외교부 담당자가 그만두는 일이 벌어질 정도였습니다.

덜레스 공항의 아류로 남을 뻔 했던 타오위안 공항 제 1 터미널은 30년 만에 지금의 모습으로 탈바꿈하게 됩니다. 공항 노후화로 인해 2009년에 리모델링을 시작한 것입니다. 이

© Norihiko Dan and Associates

때 '노리히코 댄 앤 어소시에이츠Norihiko Dan and Associates'라는 건축 디자인 회사가 공항 디자인을 맡았습니다. 리모델링을 하면서 공항을 부수고 새로 지을 수도 있었지만, 과거의 역사를 이어간다는 차원에서 기존 건물을 뼈대 삼아 공간을 확장하는 쪽으로 방향성을 잡았습니다. 그래서 U자형에 대칭되는 곡선을 지붕의 외곽선에 연결해 처마를 내는 형태로 지붕을 늘리고, 그 아래 새로운 공간을 만들었습니다. 기존 건물의 익스테리어가 새 건물의 인테리어가 된 셈입니다.

빈 땅에 새 건물을 짓는 것이었다면 현수교처럼 유선형으로 디자인한 지붕이 공간 구성과 제작 비용 측면에서 비효율

© Norihiko Dan and Associates

적이었겠지만, 기존 건물을 활용하니 적어도 제작 비용 측면에서는 효율이 생겼습니다. 게다가 지붕을 처마 모양으로 디자인하자 곡선의 아름다움이 담겨, 독창적인 모습의 공항으로 거듭날 수 있었습니다. 더이상 워싱턴 덜레스 공항과 헷갈릴 필요가 없는 것은 물론입니다.

다시 타이베이에 갈 일이 생기고 공항을 선택할 수 있는 상황이라면, 이동 시간이 짧은 쑹산 공항과 심미적인 타오위안 공항 제1터미널 사이에서 고민에 빠질 것 같습니다. 공항의 위치가 여행의 경험에 영향을 미치긴 하지만, 공항의 역할에 이동의 효율성만 있는 건 아니니까요.

!

# 08 언어를 몰라도 해외의 서점에 가는 이유

#성품 서점 #숫자의 숲 #시그니처 디자인

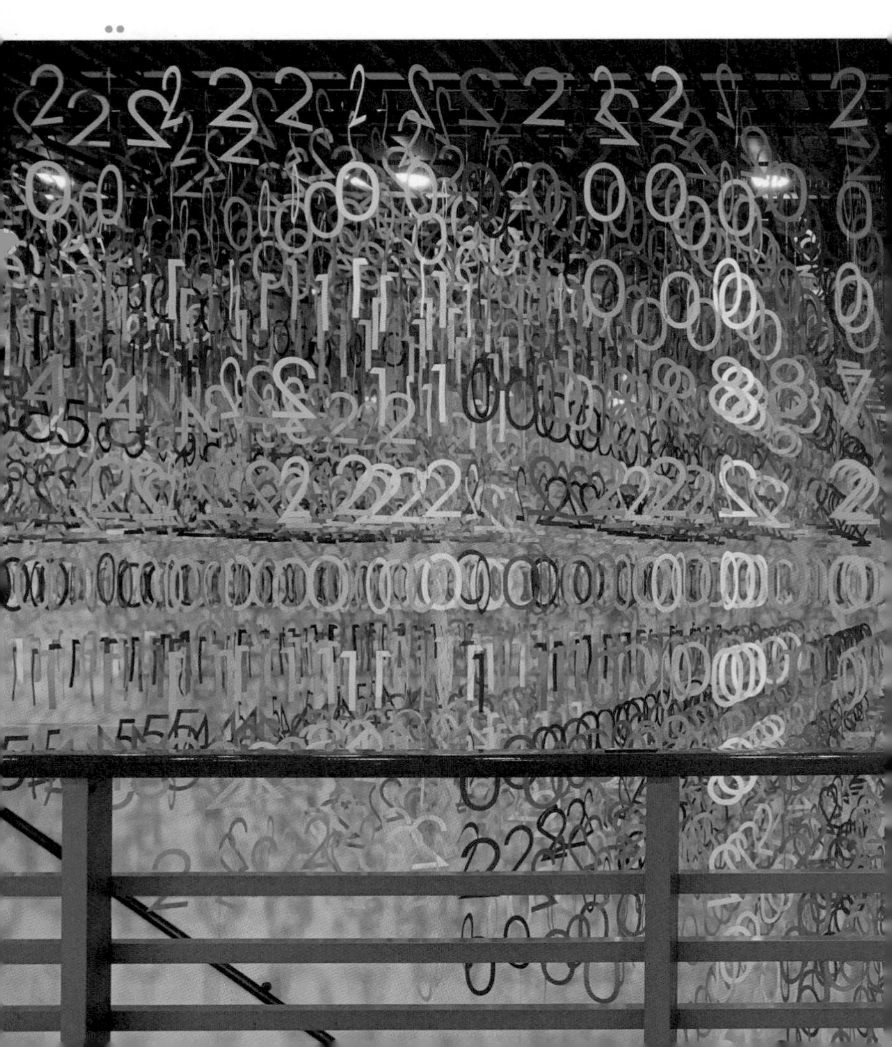

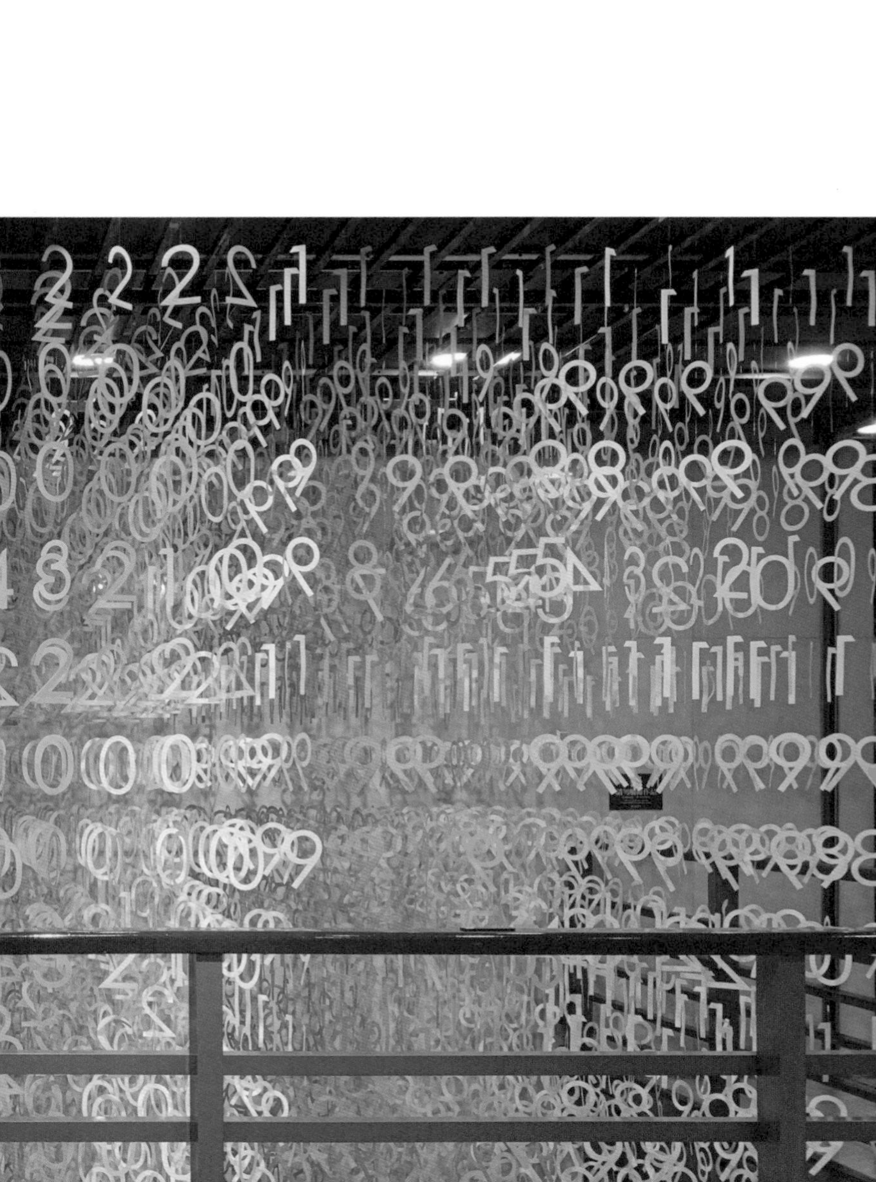

해외 취재는 시간과의 싸움입니다. 《퇴사준비생의 도쿄》, 《퇴사준비생의 런던》 등 책 한 권 쓸 만큼의 콘텐츠를 확보하기 위해선 80~100여 곳의 매장을 둘러봐야 하는데, 취재할 곳이 많다고 해서 여행 기간을 무턱대고 늘릴 수는 없습니다. 일정이 길어질수록 비용이 높아지니까요. 그래서 동선 구성을 최적화해 하루에 6~10 곳 정도의 목적지를 탐방합니다. 이 정도의 숫자면 적게 보일 수도 있습니다. 하지만 목적지로의 이동시간, 취재를 위한 체류 시간, 체력을 충전하는 휴식 시간, 그리고 우연히 발견한 매장을 둘러보는 여분 시간까지 고려하면 하루가 빠듯합니다.

이렇듯 항상 시간에 쫓겨도, 해외 도시를 갈 때면 어김없이 찾는 곳이 있습니다. 서점입니다. 계획에 없었어도 현장에서 괜찮은 서점이 눈에 띄면 들어가 보고, 유명한 서점이라면 일부러 방문지 리스트에 넣기도 합니다. 심지어 그 나라 말을 할 줄 모른다 하더라도 짬을 내서 서점을 방문합니다. 서점 그 자체가 좋아서이기도 하지만, 해외 도시의 서점에 가보면 업무적인 도움을 받을 수 있기 때문입니다.

첫째, 책은 기획이 한눈에 보이는 제품입니다. 그래서 책의 제목, 부제, 표지만 둘러봐도 새로운 기획의 산물들을 발견할 수 있습니다. 그 나라 언어를 몰라도 번역 앱으로 제목이나 부제의 뜻을 확인할 수 있고, 영어를 병기한 책들도 많아 책의 핵심을 확인하는 게 어렵진 않습니다. 특히 책 제목에서 새로운 조어를 만나는 재미가 쏠쏠합니다. 또한 기획이 선명한 책들은 표지 디자인이 책의 내용을 함축하고 있어 쓱 둘러만 봐도 무슨 말을 하려는지 감이 잡힙니다. 이처럼 서점에는 틀을 깨는 혹은 뾰족함이 돋보이는 생각들이 곳곳에 무심한 듯 자리 잡고 있습니다.

둘째, 지식 콘텐츠의 글로벌 동향을 어렴풋이나마 파악할 수 있습니다. 모든 영역을 살펴보긴 어렵지만, 적어도 비즈니스 섹션을 둘러보면 공통점과 차이점이 보입니다. 한국에도 번역되어 있는 책들과 AI, 블록체인 등 한국에서도 화두인 키워드가 포함된 책들을 보면 그것들이 한국에 국한된 관심사가 아니라는 것을 알 수 있습니다. 동시에 특정 작가의 번역본에 대한 인기도, 또는 키워드와 관련된 분야의 책을 진열하는 비중 등을 비교해보면 한국과의 온도차를 짐작할 수 있습니다.

셋째, 한국에서 접하기 어려운 정보를 찾는 것이 가능합니다. 잡지나 여행 섹션을 가보면 새로운 정보들이 한가득 있는데, 현지 서점에서 해당 도시를 소개하는 잡지나 여행 책을 보다 보면 '퇴사준비생의 여행' 시리즈에 소개할 목적지를 찾는 데 도움이 됩니다. 꼭 그 해당 도시에 관련한 잡지나 책이

誠品生活
the eslite spectrum

아니더라도 뉴욕, 런던, 도쿄 등 주요 도시에 관련한 자료를 참고하면 한국에서는 구하기 어려운 정보를 발견하는 행운을 누릴 수 있습니다. 이 세 번째 이유가 서점을 찾는 가장 중요한 목적이기도 합니다.

타이베이 출장에서도 마찬가지였습니다. 늦은 저녁을 먹은 후 보통의 매장은 문 닫을 시간이라, 그 근처에 24시간 운영하는 '성품 서점'에 갔습니다. 성품 서점은 1999년에 세계 최초로 서점을 24시간 운영하기 시작하면서 유명세를 탔고, 츠타야 서점이 티사이트를 만들기 전에 벤치마킹한 곳으로도 알려졌으며, 2016년에는 CNN에서 선정한 '세계에서 가장 쿨한 백화점서점을 중심으로 편집숍 등을 함께 구성해 백화점으로 볼 수도 있음'에 이름을 올렸을 정도로 대만을 대표하는 서점입니다.

대만 전역에 50여 개의 성품 서점이 있는데, 이 중에서 둔화점에 방문했다가 예상치 못한 풍경을 만났습니다. 2층으로 올라가는 계단의 천장에 형형색색의 숫자가 쏟아지듯 매달려 있었습니다. '숫자의 숲Forest of Numbers'이라는 타이틀을 달고 있는 '이매뉴얼 무호Emmanuelle Moureaux' 작가의 전시였습니다. 그는 직접 개발한 디자인 컨셉인 '시키리Shikiri'를 시그니처 삼아 작품 활동을 하는 작가인데, 시키리는 색으로 공간을 구분하거나 채우면서 공간감을 만들어내는 것을 의미합니다. 이 작

© Emmanuelle Moureaux architecture + design

© Emmanuelle Moureaux architecture + design

가가 성품 서점의 역사와 이름을 모티브로 전시를 구성했다는 설명이 적혀 있었지만, 설명을 모른다 하더라도 혹은 설명이 와닿지 않는다 하더라도 그 자체로 충분히 아름답고 마음을 사로잡는 전시였습니다.

머리를 채우고 싶어서 간 서점에서 마음까지 채워주니, 이런 서점이라면 또 가고 싶다는 생각이 들었습니다. 늦은 밤, 숙소로 바로 들어가는 대신 시간을 아껴 성품 서점에 가 본 덕분에 해외 도시에서 서점을 가야 할 이유가 하나 더 늘었습니다. 서점에 가는 네 번째 이유는 마음을 달래주는 뜻밖의 영감을 만나기 위함입니다.

!

# 09 패키지 안쪽에 그려진 원의 정체

#징성위 #시식하는 매장 #패키지 디자인

시식을 위한 매장을 운영한다면 어떨까요? 손해 보는 장사처럼 보이지만, 대만의 국민 과자 펑리수를 파는 '써니힐즈'는 시식하는 매장으로 대만을 대표하는 펑리수 브랜드가 되었습니다. 시식이라고 해서 펑리수를 잘라 일부만 제공하는 것이 아닙니다. 매장에 들어선 고객에게 온전한 펑리수 한 개를 우롱차와 함께 대접합니다. 물론 시식이기 때문에 공짜입니다. 대신 시식을 한 고객이 원할 경우, 나가는 길에 펑리수를 구매할 수 있도록 고객 경험을 설계했습니다. 제품에 자신이 있기에 가능한 일입니다.

다른 곳에서는 이런 판매 방식을 보기 어려울 거라 생각했었는데, 타이베이의 융캉제 지역을 갔다가 써니힐즈와 쌍둥이처럼 생긴 매장을 발견했습니다. '징성위' 플래그십 매장입니다. 여기에서도 매장을 방문한 고객에게 펑리수와 차를 무료로 제공합니다. 심지어 펑리수도 써니힐즈 펑리수입니다.

다른 점이 있다면, 써니힐즈에서는 우롱차 한 잔을 내주는 반면 징성위에서는 차를 3잔이나 서빙합니다. 직관적인 분류 기준과 디자인으로 고객의 선택을 돕는 차 브랜드 징성위가 고객에게 경험시키고 싶은 건 '차'이기 때문입니다. 이를 위해 써니힐즈와 협업하여 써니힐즈와 동일한 판매 방식의 플래그십 매장을 연 것입니다.

무료로 대접해주는 펑리수와 차를 음미한 후, 매장을 나서는 길에 차를 구매하려고 진열대를 둘러보고 있었습니다. 그러다 계산대 옆에 있는 **차** 패키지에 눈길이 갔습니다. 위 아래로 놓인 제품이 똑같은 차처럼 보이는데 패키지에 차이가 있는 것 같아서 어떤 점이 다른지를 종업원에게 물어봤습니다. 같은 찻잎인 건 맞지만 하나는 찻잎이 티백에 담겨 있는 제품이고, 또 다른 하나는 찻잎을 직접 덜어 우려 마실 수 있도록 찻잎만 들어 있는 제품이라고 설명해주었습니다. 그러면서 두 번째로 설명한 제품의 패키지를 열어 내부를 보여주었습니다.

패키지를 뒤집자 찻잎을 우려서 마시는 방법을 소개하는 **안내판**이 되었습니다. 패키지 안쪽 면에다가 안내판을 만들어 패키지의 용도를 확장시킨 아이디어도 눈에 띄었으나, 안내판을 자세히 들여다보니 더욱 흥미로운 아이디어가 숨어 있었습

5 TYPES OF TEA FLAVOR QUIZ
TEA TIME

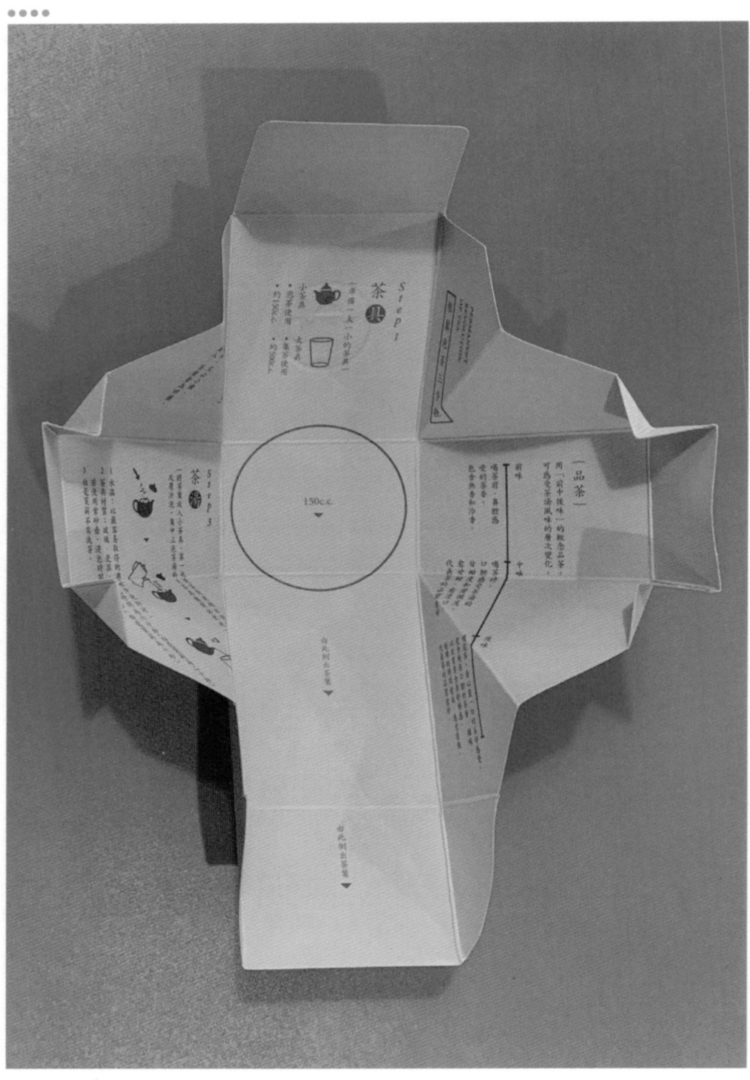
150c.c.
品茶

니다. 안내판 중앙 부분에 150cc라고 적힌 동그란 원이 그려져 있는데, 그 원 테두리 안에 찻잎을 채우면 150cc 차를 우릴 때 적합한 찻잎 양이 되는 것이었습니다.

차를 마시는 평소의 방식대로라면 티백에 담긴 찻잎을 구매했겠지만, 주저없이 전통 방식으로 차를 우리는 제품을 선택했습니다. 저울 같은 특별한 도구 없이도 원 모양 하나로 적당한 양의 찻잎을 계량할 수 있게 만든 아이디어를 응원하고 싶었으니까요.

# BALI

## 발리

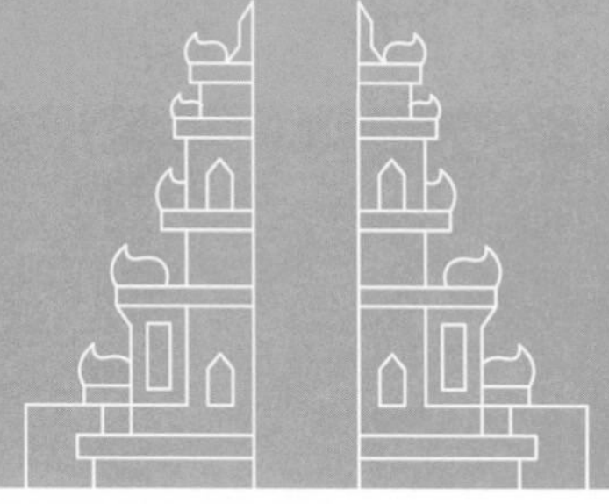

!

# 10 바람을 기다리는 마음

#응우라라이 공항 #안티프래질 #돌발 변수

똑같은 불인데 촛불과 모닥불은 어떤 차이가 있을까요?

바람이 불 때 둘 사이의 본질적 차이가 드러납니다. 촛불은 바람에 꺼지지만, 모닥불은 바람을 만나면 더 활활 타오릅니다. 촛불은 외부의 충격에 약한 반면, 모닥불은 외부의 변화가 있을 때 더 강해진다는 뜻입니다. 그래서 모닥불은 바람을 기다립니다.

《블랙 스완》으로 유명한, 월가의 현자 '나심 니콜라스 탈레브'가 쓴 또 다른 책인 《안티프래질》 서문에 나오는 비유입니다. 충격에 약하다는 말인 '프래질Fragile'에 반대를 뜻하는 '안티Anti'를 붙여서 만든 안티프래질의 의미처럼,

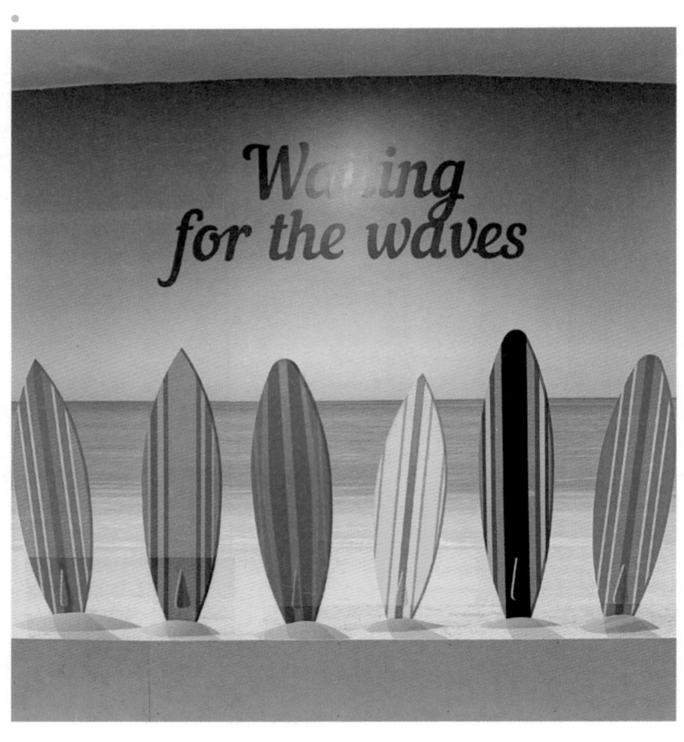


이 책은 외부의 충격이 있을 때 더 강해지고 진화하라는 메시지를 담고 있습니다.

문득 《안티프래질》 서문의 소제목인 '바람을 사랑하는 법'이 떠오른 이유는, 콜라보 프로젝트를 위해 방문한 발리의 공항에서 우연히 발견한 문구 때문입니다.

'Waiting for the waves'

이 문구에 바람이라는 단어는 없지만, 바람을 기다리는 서퍼들의 바람이 담겨 있습니다. 보통의 사람들에겐 바람이 없는 잔잔한 파도가 아름다운 해변일텐데, 서퍼들의 마음은 그렇지 않은가 봅니다. 서퍼들에겐 잦은 파도가 있어야, 서핑의 고수라면 키를 훌쩍 넘을 만큼의 파고가 있어야 바람직한 바다입니다. 마치 바람이 불어야 모닥불이 활활 타오르듯, 바람이 만들어내는 파도가 변화무쌍해야 서퍼들의 흥이 솟아납니다. 안티프래질의 성향을 가진 셈입니다.

서퍼들의 바람을 담은 문구를 보면서 머릿속을 폭풍처럼 휘젓던 바람이 잦아들었습니다. 콜라보 프로젝트로 '혼행혼자하는 여행'의 의미를 재발견하고 혼행을 더 잘 할 수 있도록 돕는 여행 콘텐츠를 만들기 위해 발리에 왔지만, 짧은 일정 안에 결과물을 만들어 내야 하는 상황이라 머리가 복잡했습니다. 외부의 변수가 없어도 될까 말까한 일정인데, 모든 과정이 현지의 상황에 따라 달라질 수 있어 프로젝트의 난이도가 높았기 때문입니다.

돌발 변수를 예측할 수도 없고 통제할 수도 없으니, 방법은 모닥불처럼 혹은 서퍼들처럼 바람을 탈 필요가 있다는 생

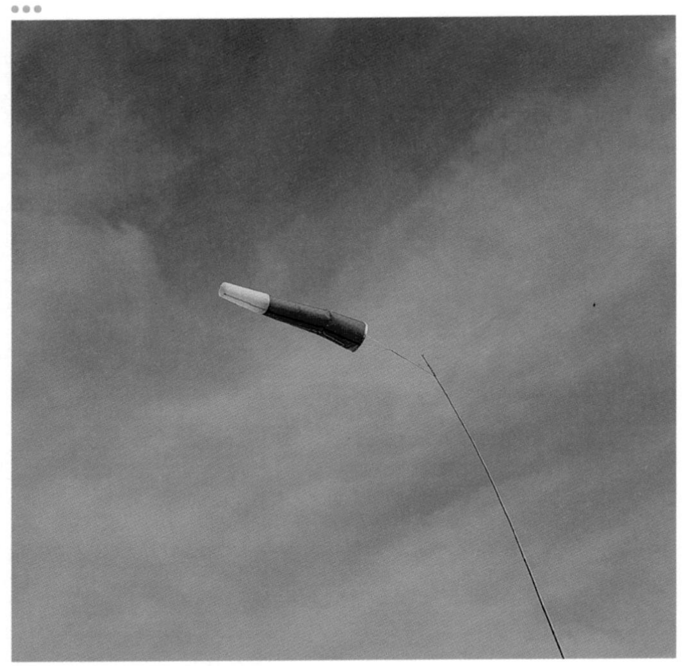

각이 들었습니다. 무엇일지 모르지만 반드시 일어날 돌발 변수에 유연하게 대응할 수 있도록, 심호흡 한 번 크게 하고 그동안 알게 모르게 쌓였던 해외 취재의 경험을 단전에서부터 끌어올리는 것이 지금 할 수 있는 최선이자 최적의 방법입니다.

바람이 불수록 모닥불이 더 낭만적으로 타오르고 바람이 파도를 밀어붙일수록 서핑이 더 신이 나듯이, 바람이 부는 것처럼 종잡을 수 없는 상황이 발생할수록 프로젝트도 흥미진진해질 것을 압니다. 나심 니콜라스 탈레브의 팬으로서 안티프래질 성향을 가져야 한다는 메시지에 공감하기에 걱정하기보다 설렘을 가져야 한다는 것도 압니다. 그럼에도 불구하고 모닥불이나 서퍼처럼 바람을 기다리고 싶진 않습니다. 결과물을 무사히 만들어내고 싶은 마음이 앞서서입니다. 물론 바람이 분다면 마다하진 않겠지만요.

발리를 여행하는 동안 어떤 외부 변수가 바람처럼 불지 모르지만, 바람에 몸을 맡긴 채 발리를 재해석해 보려 합니다. 혼행의 관점으로 들여다보면 발리가 다르게 보일테니까요.

!

# 11 빨대 꽂을 줄 아는 발리

#사라진 플라스틱 빨대 #귀납적 추론 #지구의 내일

발리에 머무는 동안 볼 수 없었던 것이 있습니다. 플라스틱 빨대입니다. 첫 목적지인 '포테이토 헤드'에서 대나무 빨대를 사용하는 것을 봤을 때, 예외적인 케이스일 거라 생각했습니다. 포테이토 헤드는 제로 웨이스트Zero waste와 업사이클링Upcycling을 추구하면서 지속 가능한 미래에 대해 고민을 하는 곳이기 때문입니다. 폐창문을 활용해 건물을 디자인하고, 입구 쪽에 별도의 공간을 마련해 바다에 버려진 쓰레기, 슬리퍼 등으로 만든 작품을 전시할 정도이니 플라스틱 빨대를 안 쓰는 것이 당연해 보였습니다.

하지만 발리를 다니다 보니 예외인 줄 알았던 포테이토 헤드가 평범한 케이스였다는 걸 알게 되었습니다. 육류 대체 음식이나 과채 등으로 유연하게 채식에 다가갈 수 있게 해주는 플렉시테리언Flexiterian식당 '발리 볼라'에서도, 고급 리조트에서만 경험할 수 있었던 플로팅 브런치를 일반 카페에서도

Nº 518
LIINA KLAUSS X POTATO HEAD
Bali
5000 LOST SOLES
2018
Salvaged sandals on bamboo frame
To demonstrate the reality of marine pollution. Potato Head has teamed up with art activist liina klauss for an installation of over 5,000 flip-flops, all salvaged along the shores of Bali's west coast
"I want to show people a different perspective on what we consider rubbish. Everything we throw away comes back to us: via the air we breathe, the water we drink, and the soil we grow crops and raise animals on." — liina klauss
We ask you not to touch, but please feel free to photograph
#5000LostSoles @liinaklauss

GIVE
GIVE
GIVE
GIVE
GIVE
GIVE
GIVE

즐길 수 있게 만든 '카비나 발리'에서도, 몸살을 앓고 있는 지구의 문제를 해결하기 위해 영업 이익의 전부를 기부하는 '기브 카페'에서도 플라스틱 빨대를 발견할 수 없었습니다. 대나무, 종이, 알루미늄 등 플라스틱을 대체하는 소재가 다를 뿐이었습니다. 전수 조사를 할 수는 없었지만, 2주 동안 머무른 모든 곳에서 플라스틱 빨대를 볼 수 없었으니 플라스틱 빨대를 쓰지 않는 게 큰 흐름인 건 분명했습니다.

플라스틱 사용을 제한하는 규제가 있는 건지, 아니면 대나무나 종이가 흔해서 그런지, 혹은 알루미늄 빨대를 설거지하는 데 드는 인건비가 저렴해서인지는 알 수 없습니다. 하지만 어떤 경우라도 플라스틱 빨대의 편리함과 경제성을 선택하지 않는다는 건, 의식과 의지가 있기에 가능한 일입니다. 지구의 내일을 위해 오늘 할 수 있는 사소한 일을 해나가는 일상의 풍경이 자연의 풍경만큼이나 아름답게 보였습니다.

빨대에 대한 이야기를 쓰다 보니 발리의 스타벅스에서 경험한 일도 떠오릅니다. 바리스타가 아이스 아메리카노를 건네주면서 돔형의 뚜껑을 씌워주는 대신, 입을 대고 마실 수 있는 뚜껑을 씌워주며 빨대 없이 마실 수 있다고 친절하게 안내해주었습니다. 우리나라의 스타벅스에서도 볼 수 있는 뚜껑이지만, 빨대 없이 마셔보라고 권유하는 모습은 새로웠습니다.

별거 아닐 수 있어도 빨대 이야기를 하고 안하고의 차이는 클 수 있습니다. 설명이 없다면 습관처럼 빨대를 꽂을 테니까요. 종이 빨대마저도 쓰지 않게 유도하는 모습에서 지구의 내일을 내 일처럼 생각하는 마음이 느껴졌습니다.

물론 빨대를 바꾼다고 지구의 내일이 크게 달라지진 않을 것입니다. 하지만 빨대라도 바꾸는 움직임은 지구의 내일에 빨대를 꽂는 것보다 나은 행보입니다. 우리의 오늘을 바꾸지 않고 지구의 내일이 안녕하길 바란다면, 지구에게 무리한 기대를 하는 게 아닐까요.

12

# 여행이 말을 걸어올 때

#합리적 의심 #일상과의 거리 #천국 같은 일터

때로는 여행이 말을 걸어올 때가 있습니다. 일상에 두고 온 고민이 무엇인지 알고 있다는 듯이, 여행은 고민 해결에 도움이 되는 힌트를 무심코 툭 던져줍니다. 콜라보 프로젝트를 위해 발리를 여행할 때도 마찬가지였습니다. 기대하지 않았던 곳에서, 여행이 말을 걸며 고민 상담을 해주었습니다.

첫 번째는 '크리에이티브'에 대한 고민입니다. 콘텐츠 기획을 하면서 크리에이티브한 결과물을 선보이고자 하는데, 크리에이티브한 생각의 끝에는 늘 '이게 통할까?'라는 질문이 기다리고 있었습니다. 이 질문에 긍정적인 답을 내릴 수 있어야 크리에이티브한 생각이 결과물로 만들어질 수 있지만, 대부분은 마지막 질문의 문턱을 넘지 못합니다. 제 3자의 관점에서 객관적으로 따져보는 게 당연하면서도, 가끔은 과감하지 못한 게 아닌가라는 의문이 들 때도 있습니다. 결과물을 세상에 선보이기 전까진 누구도 결과를 알 수 없으니까요.

이런 고민을 알고 있다는 듯, 여행이 말을 걸어왔습니다. 저녁을 먹으러 가는 길에 억수같이 쏟아지는 비를 피해 어느 가게의 처마 밑에 멈춰 섰는데, 한 장의 카드에 적힌 글귀가 눈에 들어왔습니다.

'The enemy of creativity is self doubt.'

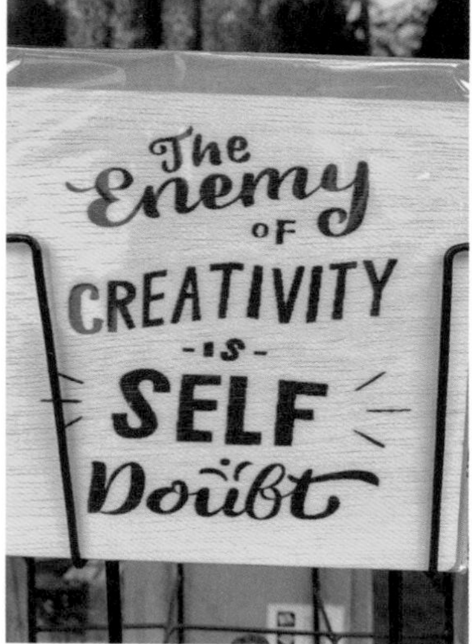
The Enemy
of
CREATIVITY
-is-
SELF
Doubt

LOST
IN PARADISE

갑자기 쏟아진 폭우 속에서 여행이 걸어온 말에, 어쩌면 크리에이티브를 방해하는 건 스스로에 대한 의심일지도 모른다는 생각이 들었습니다. 카드의 문구를 보면서 합리적 의심은 하되, 지나친 조심은 하지 말아야겠다고 마음 먹었습니다.

두번째는 '여행'에 대한 고민입니다. 트래블코드에서 하는 콘텐츠 기획의 범위를 좁혀보면 여행에 대한 기획입니다. 자연스레 '여행이 주는 가치가 무엇일까?'에 대한 고민이 많았습니다. 《뭘할지는 모르지만 아무거나 하긴 싫어》의 프롤로그에도 적었듯이, '일상과의 단절Disconnect'과 '평소와의 다름Difference'이라는 나름의 답을 찾고, 이 두가지 효용을 누리기 위해 여행을 다녔습니다.

그런데 여행이 말을 걸어와 하나의 효용이 더 있다고 알려주었습니다. 취재를 하러 들른 카페에서 우연히 여행에 관한 문구를 발견한 것입니다.

'We travel because we need to, because distance and difference are the secret tonic to creativity. When we get home, home is still the same. But something in our minds has changed. That change everything.'

- Jonah lehrer

이 문구에서 눈에 띄었던 부분은 '일상과의 거리Distance'였습니다. 일상과 멀어진다는 측면에서는 유사하지만, 일상과의 거리는 일상과의 단절과 다릅니다. 일상과의 단절이 일상에서 벗어나자는 의미를 담고 있다면, 일상과의 거리는 일상에서 한 발짝 떨어져 일상을 객관적으로 보자는 의미를 내포하고 있습니다. 어쩌면 여행의 효용 중에 하나는 일상과 거리를 둬 일상을 새롭게 바라보고 일상에 대한 애정을 잃지 않는데 있는지도 모릅니다. 적당한 거리를 두면 많은 것들이 아름답게 보이니까요.

세번째는 '천국'에 대한 고민입니다. 사후 세계에 대한 이야기가 아니라, 시간을 의미 있게 쓰기 위해 현재를 살아가는 방법에 대한 고민입니다. 학교를 졸업하고 사회생활을 시작하면서 '일하는 곳을 천국과 같이 만들려면 무엇을 어떻게 해야 하는가?'라는 질문을 가끔씩 합니다. 꿈, 열정 등의 키워드와 연결해 보면서 천국 같은 일터에 대한 답을 찾아봤지만, 여전히 뭔가 부족했습니다.

답을 찾기 어려운 질문이라는 걸 깨닫고 한 켠에 밀어두었던 고민이었는데, 여행이 말을 걸어왔습니다. 길을 걷다가 어느 편집숍 간판을 보게 되었는데, 거기에 힌트가 있었습니다.

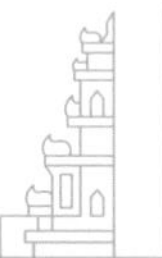

'Lost in paradise'

여기에 천국 같은 일터에 대한 설명은 없습니다. 맥락적으로도 그런 말을 하고 있는 건 아닙니다. 하지만 '천국에서 길을 잃다.'라는 뜻의 평범해 보이는 간판이 해묵은 고민을 푸는 데 단서를 제공했습니다. 길을 잃어도 괜찮은 곳이라면 천국이 아닐까라는 생각이 든 거죠. 돌이켜보면 여행을 하면서 천국 같다고 느꼈던 곳들은 길을 잃어도 괜찮았던 곳이었습니

다. 마찬가지로 일을 하면서 길을 잃어도 괜찮을 수 있다면 천국 같은 일터가 될 수 있지 않을까라는 결론에 도달했습니다.

고민에 대한 답을 찾으러 온 게 아닌데, 여행이 불쑥 걸어온 말들 덕분에 생각이 깊어졌습니다. 때로는 이런 말들을 들으러 여행을 하는 게 아닌가 싶습니다.

!

# 13 흔한 것에서 흥할 것을 찾은 역발상

#뜨갈랄랑 #발리 스윙 #흔한 것의 쓸모

도시 여행의 즐거움 중 하나는 야경입니다. 도시의 실루엣이 뿜어내는 아름다운 풍경을 보고 있노라면 그 도시와 친해지는 속도가 빨라집니다. 아무런 생각 없이 야경에 취하기만 해도 충분할 텐데, 한 번은 싱가포르에서 야경을 바라보다가 이런 생각이 들었습니다.

'야근을 하는 사람들 덕분에 야경이 더 빛나는 게 아닐까.'

야경에도 주인공이 있다면 야근을 하는 직장인일 거란 상상이었습니다. 그렇게라도 늦은 시간까지 일을 하는 사람들에게 감사의 마음을 전하고 싶기도 했고, 야근이 기본이었던 그때 당시의 일상에 대해 스스로를 위로하고 싶었습니다. 저의 야근도 누군가에게는 즐거움이 될 수 있다고 믿으니 마음이 편해졌습니다. 동시에 이런 질문이 꼬리를 물었습니다.

'야근이 누군가에게 생중계된다면 힘이 날까?'

프로스포츠 경기에서 관중이 많으면 선수들이 더 힘을 내듯이, 야근에도 관중이 있으면 더 낫지 않을까라는 궁금증이었습니다. 물론 야근은 없는 게 바람직하니 야근 대신 일터에

관중이 있는 걸로 대체해봤습니다. 감시가 목적이라면 당연히 힘이 빠지겠지만, 감동이 목적이라면 관중이 응원해줄 때 일할 맛이 더 날 거란 나름의 결론에 도달했습니다.

쓸데없던 공상이 불현듯 떠오른 건 발리에서 관중이 있는 일터를 만났기 때문입니다. 우붓 지역에 있는 '뜨갈랄랑'이라는 논인데, 관광객의 발길이 끊이지 않는 곳입니다. '논이 관광지가 될 수 있나?'라는 의문이 들 수 있지만 평야가 아니라 산비탈에 계단식으로 논을 일구어 놓으니 상황이 달라집니다. 산비탈을 따라 굽이치며 층층이 펼쳐진 논이 장관을 이룹니다.

이 이국적인 풍경을 감상할 수 있도록 계단식 논 맞은편으로 카페가 줄지어 서 있습니다. 자연스럽게 뜨갈랄랑에서 벼를 재배하는 농부들의 모습이 관광객들에게 생중계됩니다. 누군가의 일상이 누군가의 풍경이 되는 셈입니다. 네모반듯하게 땅을 쓰며 효율을 추구하는 대신 불모에 가까운 땅을 개척해 효용을 찾았기에 가능한 일입니다.

농업을 관광업으로 승화시키는 기술은 여기서 그치지 않습니다. 뜨갈랄랑 곳곳에서 관광객에게 재미와 추억거리를 제공하는 어트랙션을 발견할 수 있습니다. '발리 스윙'으로 불리는 그네입니다. 키 큰 야자수 나무를 기둥 삼아 만든 그네로, 보통의 그네보다 줄이 길어 진폭이 큰 게 특징입니다. 여기에

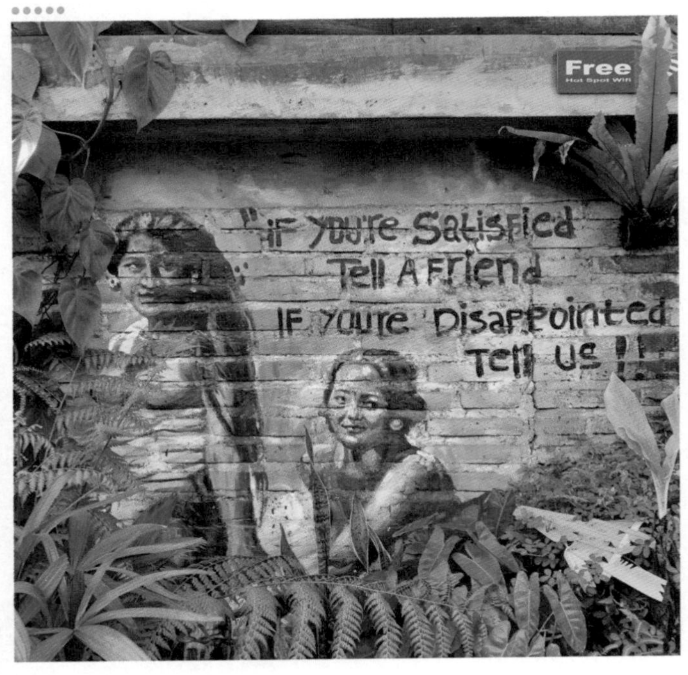


다가 계단식 논을 배경으로 인스타그래머블한 사진을 찍을 수 있어 사람들이 줄을 서서 탑니다.

야자수 나무에 매달려 있는 발리 스윙에서 역발상의 지혜를 엿볼 수 있었습니다. 야자수 나무는 우붓 지역에서 가장 흔하게 볼 수 있는 소재인데, 이 흔한 것에서 흥할 것을 찾아냈기 때문입니다. 흔해서 가치가 없는 것이 아니라 흔해도 가치를 알아보지 못하면 소용이 없는 것입니다. 아마 발리 스윙을 보지 못했다면 야자수 나무가 그네 기둥으로 사용될 수 있다고 상상하기 어려웠을 테니, 발리 스윙은 '콜럼버스의 달걀'과 같은 결과물이라고도 볼 수 있습니다.

뜨갈랄랑이 흥하는 데는 이유가 있다는 생각을 하면서 다음 목적지를 향해 길을 나서다 쐐기를 박는 문구를 만납니다.

'If you're satisfied, tell a friend. If you're disappointed, tell us!'

만족했다면 친구들에게 공유해주고, 불만족스러웠다면 매장 직원에게 알려달라는 메시지였습니다. 흔한 것에서 흥할 것을 찾는 것도 모자라 이런 마음으로 손님을 맞이하니, 흥하지 않는 것이 더 이상한 일 아닐까요.

!

# 14 발리에서 한달 살기 괜찮을까요?

#차르 차르 #외부 효과 #발리의 매력

휴양지에서 한달을 살면 어떨까요? 답이 정해져 있는 질문처럼 보이지만, 막상 한달을 산다고 생각해보면 사람마다 답이 다를 수 있습니다. 물론 휴양지에서 보내는 며칠은 누구나 좋아합니다. 바다나 산 등 자연을 벗삼아, 일상과 단절된 나만의 시간을 갖는 게 싫을 리 없지요. 그러나 머무는 시간이 길어질수록 '한계 효용 체감의 법칙'이 작동합니다. 심심함보다 안락함의 크기가 컸던 시기를 지나가면, 심심함이 안락함을 넘어서는 때가 오는 것입니다. 홀로 있는 시간을 선호하는 사람들이야 심심할지언정 여전히 안락하겠지만, 도시의 분위기, 다양성, 문화 등을 그리워하는 사람들은 심심함을 버티기 어렵습니다. 그래서 휴양지에서 한달을 사는 건, 누구에게나 좋은 기회는 아닐 수 있습니다.

그럼에도 불구하고 발리라면 누구나 같은 답을 할 수도

있습니다. 인천공항에서 7시간 내외로 갈 수 있는 휴양지 중에 가장 다채로운 곳이기 때문입니다. 우선 휴양지로서 가지고 있는 기본 인프라가 탄탄합니다. 섬이라 바다가 있는 것은 물론이고 섬 중앙에는 '우붓'이라는 정글 지형이, 섬 북쪽에는 '낀따마니'라는 화산 지대가 있습니다. 게다가 자연 환경과 조화를 이룬 다양한 가격대의 리조트와 빌라가 넘쳐나 휴양을 즐기는 데 손색이 없습니다. 여기까지라면 다른 휴양지와 큰 차이가 없다고 생각할 수도 있습니다. 하지만 자연 풍경에서 눈을 돌리면 그때부터 발리의 숨어 있는 매력이자, 차별적 경쟁력이 보이기 시작합니다.

발리는 리조트나 빌라 밖으로 나와도 혹은 리조트나 빌라에 머무르지 않아도 갈 곳이 많습니다. 공항에서 멀지 않은 곳에 위치한 꾸따, 짱구, 스미냑 등이 대표적입니다. 세 지역 모두 볼거리, 살거리, 즐길거리가 가득한데, 각 지역별로 저마다의 특징이 있습니다. 꾸따는 밤거리가 화려하고 북적거리는 곳으로 유원지에 온 듯한 느낌을 주고, 짱구는 곳곳에 개성이 도드라지는 가게가 있어 힙한 분위기가 나며, 스미냑은 인테리어가 세련된 매장들이 즐비해 고급스러운 풍경이 연출됩니다. 이런 곳들이 있어 발리에서의 한달 살기는 심심함이 안락함을 넘어서기가 어렵습니다.

이 중에서도 도시의 분위기를 가장 잘 느낄 수 있는 곳은 스미냑 지역입니다. 대도시에서나 볼 수 있을 법한 수준 있는 매장들이 거리에 줄지어 있기 때문입니다. 고층 빌딩 없는 도심에 왔다는 느낌이 들 정도입니다. 이러한 스미냑 거리를 거닐다보면 감도 높은 매장의 모습에 익숙해져 감각이 무뎌지는데, 그 와중에서도 눈길을 사로잡는 가게가 있습니다. 레스토랑이자 바인 '차르 차르Char Char'입니다.

차르 차르는 창문이 없어 내부가 그대로 보입니다. 창이

없는 것보다 더 특징적인 건 내부 구성입니다. 3층 정도 높이인데, 층으로 구분하지 않고 내부를 계단식으로 만들어 좌석에서 길거리를 내다볼 수 있게 디자인했습니다. 마치 길거리를 무대 삼은 노천 극장 같습니다. 실제로 이곳에선 스미냑 거리를 풍경삼아 음료를 마시거나 음식을 먹을 수 있습니다. 유리창이 없고 공연장 좌석처럼 되어있는 자리에 앉아 있으면 거리의 풍경이 새롭게 보입니다.

그런데 이곳에서 가만히 밖을 내다 보면 흥미로운 현상이 감지됩니다. 차르 차르에 앉아 있는 사람들이 길거리의 행인들을 바라보는 것처럼, 행인들도 길거리를 지나가면서 차르차르에 앉아 있는 사람들을 한 번씩 바라봅니다. 내부가 훤히 보이고, 좌석의 구조가 눈에 띄며, 거기에다가 사람들이 앉아 있으니 행인들의 시선이 가는 게 자연스럽습니다. 거리의 풍경을 바라볼 수 있는 차르 차르가, 그 자체로 하나의 거리의 풍경이 된 듯합니다. 거리의 풍경이라는 외부 효과를 그냥 이용만 하는 것이 아니라, 스스로가 거리의 풍경이 되면서 외부 효과를 재생산하는 셈입니다. 유리창을 없애고 좌석 배치를 바꿨을 뿐인데 모두의 경험이 확연히 달라집니다.

이곳에서 스미냑 거리를 내려보다 보면 또 하나의 특징적인 현상이 보입니다. 현지인이 아닌 외국인이 오토바이를 직접 운전하는 모습을 흔하게 볼 수 있습니다. 오토바이를 렌트해서 현지인처럼 생활하는 외국인이 많다는 뜻입니다. 다른 휴양지에서는 보기 힘든 풍경입니다. 그만큼 발리가 장기간 머무를 만한 곳이니 이동 수단까지 갖추면서 여행하는 것이 아닐까요.

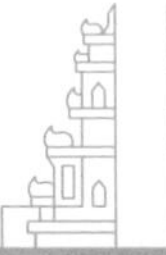
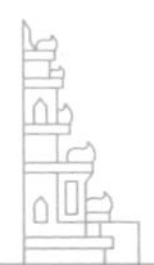

# LONDON
## 런던

38
GUERNSEY
Willesden

# 15 버스 정류장을 거꾸로 만든 의도

#랜드마크 #형태는 기능을 따른다
#설계자의 고민

런던은 랜드마크 부자인 도시입니다. 보통의 도시에서는 서너 개를 떠올리기도 어려운데, 런던은 서너 개를 선정하기가 어려울 정도입니다. 빅벤, 타워 브릿지, 세인트 폴 성당, 런던 탑 등 역사와 전통을 자랑하는 랜드마크는 물론이고 런던 아이, 테이트 모던 뮤지엄, 샤드, 런던 시청 등 현대를 대표하는 건축물까지 런던을 떠올리게 하는 상징물이 넘쳐납니다. 그뿐 아닙니다. 블랙캡, 빨간 공중전화 박스, 빨간 2층 버스, 지하철역 표지판 등도 런던을 연상시키는 오브제입니다.

런던을 여행하면서 풍경처럼 마주칠 수 있는 랜드마크들 중에서도 생각을 자극하는 오브제가 있습니다. 2층 버스입니다. 이제 우리나라에서도 2층 버스를 운행하니 2층 버스 자체가 특별한 건 아닙니다. 하지만 런던의 2층 버스에선 특징적인 점을 발견할 수 있습니다. 광고판 형태가 T자형으로 생긴

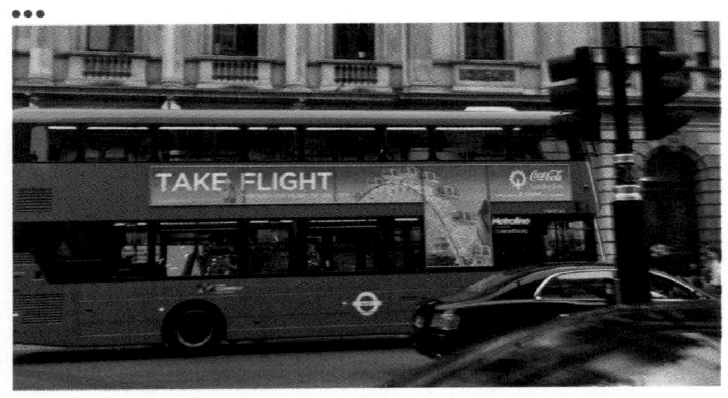


것입니다. 모든 2층 버스가 그런 건 아닌데, 심심치 않게 T자형의 광고판이 보입니다.

광고판 형태가 다르니 광고의 효과가 살아납니다. 광고판을 버스 1층과 2층 사이에 가로로만 길게 만들 경우 이미지를 넣기 어려워 메시지 표현에 제약이 있는데, T자형으로 만들면 이 문제를 어느 정도 해결할 수 있기 때문입니다. 건축가 '루이스 설리반Louis Sullivan'이 '형태는 기능을 따른다.Form follows function'고 말한 것처럼, 광고의 기능을 살리기 위해 광고판의 형태에 변화를 준 것입니다.

틀을 깬 2층 버스의 광고판도 인상적이었는데, 더 흥미로웠던 건 2층 버스를 기다리는 버스 정류장이었습니다. 인도 쪽에 구분벽이 있는 보통의 버스 정류장과 달리, 몇몇의 버스

정류장은 구분벽이 차도 쪽에 있었습니다. 버스를 기다릴 때 도로를 바라보지 않고 등지는 구조입니다. 이렇게 하면 기다리는 버스가 오는지 확인하거나 버스에 탑승하기가 불편할 텐데, 그럼에도 불구하고 반대로 위치해 놓은 이유가 무엇일지 궁금했습니다.

한참을 고민했지만, 마땅한 답이 떠오르지 않았습니다. '런던은 비가 많이 오니까 버스가 지나갈 때 도로에 고인 물이 기다리는 사람들에게 튀는 걸 막기 위해서가 아닐까?'라는 추측이 가장 그럴듯했으나, 꼭 그렇지도 않은 것 같았습니다. 만약 그런 거라면 버스 정류장의 구분벽이 대부분 차도 쪽을 향해있어야 하는데, 일부만 그랬기 때문입니다.

쓸데없는 고민인 거 같아 생각을 접었습니다. 버스 정류

Piccadilly Circus
Putney
19
BUS

장의 배치보다 눈 앞의 여정이 더 중요했습니다. 그렇게 답 찾기를 멈추고 런던 곳곳을 다녔습니다. 그러다 피카딜리 서커스 근처에 있는 버스 정류장을 지나치게 되었는데, 갑자기 머릿 속이 번쩍였습니다. 버스 정류장이 거꾸로 위치한 이유에 대한 단초를 발견한 듯했습니다.

피카딜리 서커스 주변은 유동인구가 많은 곳이지만, 그렇다고 인도가 유동인구에 비례해 넓지도 않습니다. 이런 상황에서 버스 정류장의 구분벽이 인도 쪽에 있다면 버스 대기 공간으로 인해 가뜩이나 좁은 인도가 더 좁아집니다. 반면 구분벽을 차도 쪽으로 두면 인도 쪽 공간을 더 확보할 수 있는 장점이 생깁니다. 또한 차도 쪽으로 구분벽이 서 있어 버스를 기다리는 승객들이 유동인구에 의해 차도 쪽으로 떠밀리는 것을 방지할 수도 있습니다. 물론 이 가설 역시도 설계자의 의도가 아닐지 모릅니다. 그러나 그나마 근접한 이유일 거란 판단이 들어 고민을 끝냈습니다.

나름의 답을 찾은 것 같아 더이상 버스 정류장의 구분벽이 차도 쪽에 있는 이유를 고민하진 않지만, 그래도 설계자를 만난다면 의도가 무엇인지 물어보고 싶습니다. 그가 고민했던 과정이 너무 궁금하니까요.

# 16 이 제품을 사지 말아야 할 사람은?

#노모 #덜 평범한 삶 #위트 있는 판매 방식

해외로 취재하러 갈 때는 호텔 선택이 중요합니다. 호텔이 현지에서의 베이스캠프가 되는 곳이어서이기도 하지만, 호텔 그 자체가 취재의 대상이 될 수도 있기 때문입니다. 《퇴사준비생의 런던》을 취재하러 갈 때도 마찬가지였습니다. 그래서 콘텐츠 제작의 가능성을 염두에 두고 고른 곳이 ‘시티즌M 호텔’입니다.

《퇴사준비생의 런던》에서도 소개했듯이, 시티즌M 호텔 로비는 감각적입니다. 호텔이 아니라 갤러리에 왔다는 착각이 들 정도입니다. 아티스틱하고 아이코닉한 ‘비트라Vitra’ 가구들로 공용 공간을 구성했고, 크고 작은 예술

작품들과 큐레이션 한 책들로 벽면을 장식했으며, 여행 느낌이 나면서도 다소 긱Geek한 소품들을 곳곳에 배치했습니다. 여기에 힙한 음악을 곁들여 감각적 요소를 끌어올렸습니다.

이곳에는 시티즌M 호텔에서 운영하는 편집숍도 있는데, 로비와 마찬가지로 감각적인 제품들로 채워져 있습니다. 저마다의 개성을 자랑하는 제품들을 둘러보다가 눈에 띄는 제품을 발견했습니다. 멀티 플러그였습니다. 두툼하게 생긴 보통의 멀티 플러그와 달리, 명함 지갑처럼 얇았고 디자인도 미니멀했습니다. 마침내 마음에 드는 멀티 플러그를 찾았으나, 선뜻 지갑을 열지는 못했습니다. 가격 때문이었습니다. 멀티 플러그를 가지고 있지 않았다면 과감하게 질렀을 수도 있었을 텐데, 멀쩡한 멀티 플러그를 두고 추가로 구매하기엔 부담스러운 가격이었습니다. 한참을 만지작거리며 고민하다가 결국 내려놓았습니다. 그럼에도 불구하고 멀티 플러그를 이렇게까지 심플하게 디자인한 브랜드는 기억하고 싶었습니다.

'노모Knomo'

'Knowledge on the move'의 줄임말로, 사무실 큐비클을 떠나 자유롭게 이동하면서 정해진 출퇴근 시간 없이 일하

••

© Selfridges

는 사람들을 위한 브랜드입니다. 그들에게 어울리는 실용적이고도 심미적인 가방을 중심으로, 멀티 플러그와 같은 다른 제품군도 판매합니다. '덜 평범한 삶A life less ordinary'을 돕는 제품을 만든다는 브랜드 철학을 이해하니 노모가 디자인한 멀티 플러그가 더 와닿았습니다.

차마 구매하지는 못하고 이 브랜드의 철학과 멀티 플러그의 아름다움을 마음에만 간직한 채 런던을 취재하고 다니다가, 소호 거리에서 우연히 노모 매장을 발견했습니다. 노모 브랜드를 몰랐다면 그냥 지나쳤을 만큼 덜 평범하지 않았지만, 멀티 플러그 덕분에 머릿속에 각인된 브랜드라 눈에 띄었습니다. 시티즌M 호텔에서는 노모의 제품 중 멀티 플러그만 진열되어 있어서 아쉬웠는데, 매장을 마주친 김에 다른 제품들은 어떨지 궁금해 들어가 봤습니다.

이것저것 흥미로운 제품들을 구경하는 재미도 쏠쏠했지만, 그보다 더 인상적인 건 제품 판매 방식이었습니다. 제품 설명 끝말에 이 제품을 사면 좋을 사람과 사면 안될 사람을 구분해서 설명하고 있었습니다. 덜 평범한 삶을 살아가고자 하는 사람들에게 판매하는 제품이라 덜 평범하게 제품을 소개하는 듯 보였습니다. 예를 들어 수면 보조 도구의 제품 설명에는 이렇게 적어 두었습니다.

- **사세요:**

  만약 당신이 잠잘 때 뒤척이고 새벽 4시에 깨며 하루 종일 카페인 충전이 필요하다면
- **사지 마세요:**

  만약 당신이 베개에 머리가 닿기도 전에 잠들고 깨기 위해 2개의 알람이 필요하다면

또 다른 예도 있습니다. 공중에 떠있는 화분의 제품 설명에는 이렇게 적혀 있습니다.

SODA
Dodow
The sleep whisperer
£44

Lyfe
Levitating Planter
Buy: If you want a piece of Harry Potter magic in your living room
£220
soda.shop

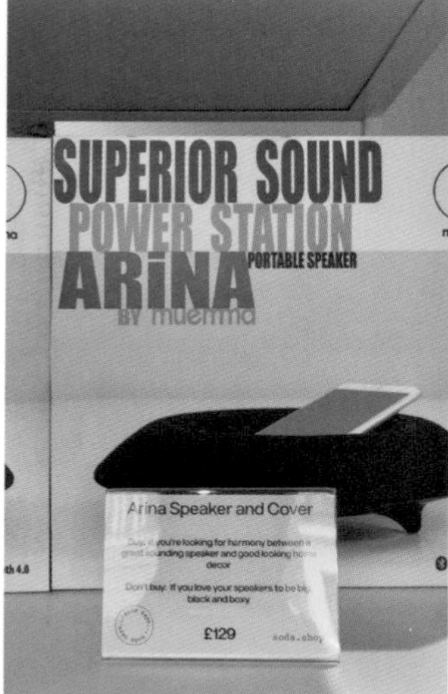
SUPERIOR SOUND
POWER STATION
ARiNA
PORTABLE SPEAKER
Arina Speaker and Cover
£129

bellabeat
leaf
urban
BIJOU INTELLIGENT
Bellabeat
Health tracker, but not as you know it
Buy: If you want a great wearable that looks like hippy jewellery
Don't buy: If your idea of wellbeing is Netflix and chill
£105
soda.shop

◦ **사세요:**

만약 당신이 거실에 해리포터와 같은 마법을 구현하고 싶다면

◦ **사지 마세요:**

아직도 라디오를 와이어리스라고 부를 만큼 신기술을 두려워한다면

두 제품뿐만 아니라 여러 제품을 위와 같은 방식으로 소개하고 있었습니다. 제품 설명 방식에서 볼 수 있듯, 노모는 모든 고객을 잠재 고객으로 여기지 않았습니다. 모두를 껴안기 위해 두루뭉술하게 표현하는 대신, 이 제품이 필요한 사람과 필요하지 않은 사람을 명확히 구분해 설명함으로써 그들이 타깃하는 고객에게 제품의 효용을 더 설득력 있게 전달했습니다. 여기에다가 각각의 설명에 위트를 담아 제품 설명을 보는 재미까지 더했습니다. 멀티 플러그만큼이나 마음에 드는 판매 방식이었습니다.

안 판다고 하면 더 사고 싶은 게 사람의 마음입니다. 모든 고객들에게 열려 있다고 말하기 보다, 노모처럼 이 제품의 타깃이 아닌 사람들에게 제품을 사지 말라고 위트 있게 권유해 보면 어떨까요.

!

# 17 시간의 빈 틈에 숨어 있던 기회

#매드 해터스 애프터눈 티 #이상한 나라의 앨리스
#나비효과

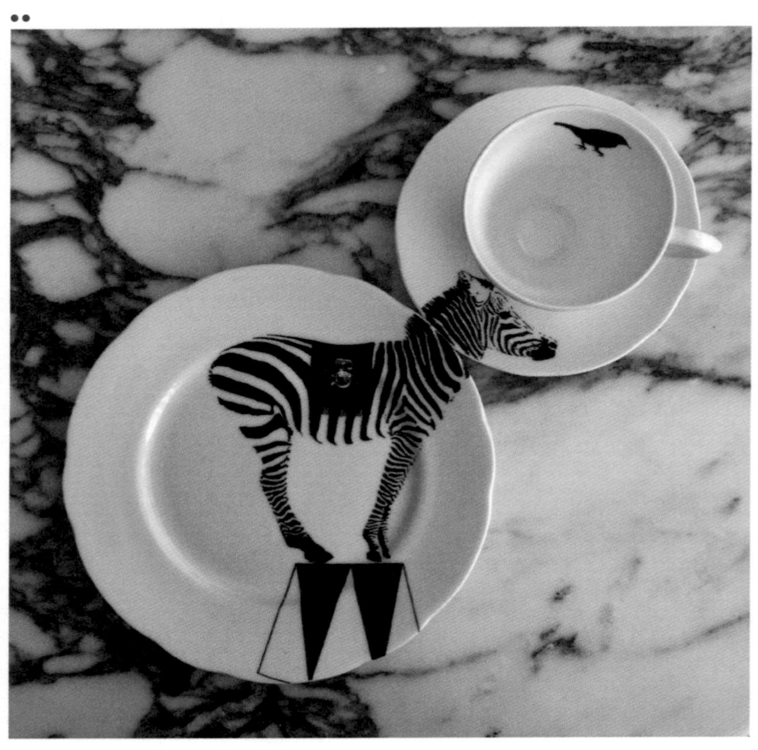

본고장이라면 다를 거란 기대가 있었습니다. 그래서 《퇴사준비생의 런던》을 취재하러 런던에 갈 때 '애프터눈 티'를 색다르게 접근한 매장을 방문해보고 싶었습니다. 리서치를 해보니 애프터눈 티의 본고장답게 애프터눈 티세트를 파는 곳이 넘쳐났고, 저마다의 개성을 담은 티하우스도 많았습니다. 그중에서 취재지로 선택한 곳은 샌더슨 호텔 내에 위치한 '매드 해터스 애프터눈 티 Mad Hatter's Afternoon Tea'였습니다.

매드 해터스 애프터눈 티는 예약이 어려울 정도로 인기인 곳이었습니다. 티하우스를 '이상한 나라의 앨리스' 테마로 꾸민 덕분입니다. 저작권이 소멸한 과거의 콘텐츠를 가지고 차별적 경쟁력을 만들어낸 사례로 소개하고 싶어서 예약한 시간에 맞춰 매드 해터스 티하우스에 도착했습니다. 호텔 주변도, 호텔 내부도 인적이 드물었는데 티하우스에는 손님들이 가득했습니다. 제대로 찾아왔다는 안도감과 함께 콘텐츠로 쓸 만

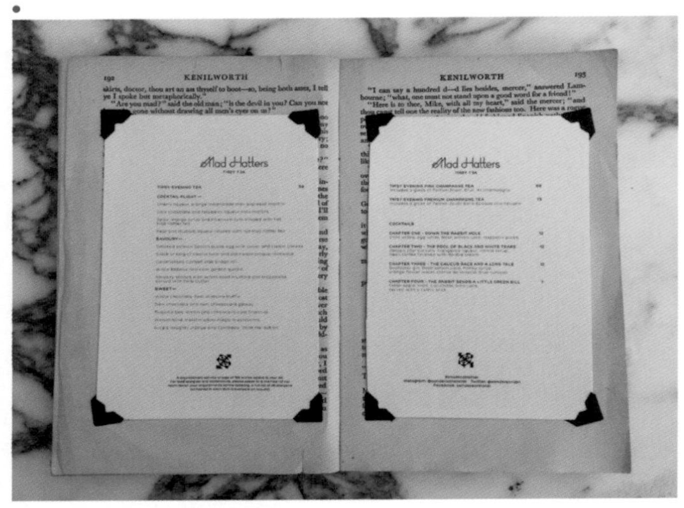


한 포인트를 찾아야 한다는 압박감이 밀려왔습니다.

안내에 따라 자리에 앉자 종업원이 고서를 건네며 특정 페이지를 펼쳐주었습니다. 메뉴판을 책 속에 숨겨둔 것이었습니다. 메뉴를 보고 함께 간 팀원 수만큼 티세트를 시켰습니다. 주문을 하자 찻잔과 접시가 세팅되었는데, 그 위에 그려져 있는 일러스트에 숨겨둔 코드가 있는 듯 보였습니다. 그래서 찻잔과 접시를 이어보니 하나의 그림이 완성되었습니다. 묘하게 이상한 나라의 앨리스 분위기가 났습니다. 그뿐 아니라 애프터눈 티세트로 나온 티팟에는 이상한 나라의 앨리스에 등장할 법한 캐릭터의 일러스트가 그려져 있었고, 디저트 접시에는 이상한 나라의 앨리스를 연상시키는 체스판, 풀숲 등의 모양을 한 디저트가 놓여 있었습니다. 이상한 나라의 앨리스를 테이블 위에 구현하고자 고민한 흔적이 느껴졌습니다.

하지만 그 이상을 발견하기는 어려웠습니다. 아무리 살을 붙여도 《퇴사준비생의 런던》의 콘텐츠로 쓰는 건 어렵다고 판단했습니다. 현장 취재 후에 제외되는 곳들도 많아서 평소대로라면 아무렇지도 않게 다음 장소로 이동했을 텐데, 매드 해터스 애프터눈 티는 아쉬움과 아까움이 남았습니다. 보다 정확히는, 저작권이 풀린 콘텐츠로 가치를 높인 사례를 날려야 하는 아쉬움과 숙소를 제외했을 때 역대 최고의 취재비인 192파운드[약 29만원, 4인 기준]가 날아간다는 아까움이 마음속에서 스멀거렸습니다.

뭐라도 건지고 싶었습니다. 192파운드를 투자했으니 어떻게든 효용을 찾아야 한다는 남모를 고민에 빠졌습니다. 그래서 주변의 손님들을 둘러봤습니다. ROI[Return on investment] 계산에 머리가 복잡하고 일정에 쫓겨 조급한 저와 달리, 그들은 하나같이 여유롭게 오후 시간을 즐기고 있었습니다. 그들에게 비용은 아무것도 아닌 것처럼 보였고, 시간은 그들을 위해 느리게 흐르는 듯했습니다. 그들이 누리는 오후 시간의 여유를 부러워하다가 불현듯 하나의 생각이 스쳤습니다.

'애프터눈 티세트 만든 사람은 천재가 아닐까.'

보통의 레스토랑에서는 2~5시에 브레이크 타임을 가지는데, 애프터눈 티세트를 파는 곳에서는 2~5시의 빈 시간을 활용해 또 다른 부가가치를 올리고 있었습니다. 심지어 점심보다 더 비싼 메뉴를 판매하면서 매장의 활용도를 끌어올리고 있었습니다. 애프터눈 티세트를 만든 사람은 천재일 거라는 결론에 이르자, 그를 찾아보지 않고는 배길 수가 없었습니다.

결과는 예상과 달랐습니다. 애프터눈 티세트를 만든 사람은 비즈니스 하는 사람이 아니라 주부였습니다. 배드포드 가문 7대 공작부인인 '안나 마리아'는 오후 시간대에 배가 출출하고 심심해서 이웃의 공작부인들을 초대해 그때 당시 막 보급되기 시작한 티를 디저트와 함께 먹으면서 수다를 떨었는데, 이것이 애프터눈 티 문화의 시작점이었습니다. 애프터눈 티를 모여서 마시는 데 재미를 느끼자, 공작부인들이 서로 경쟁하듯 애프터눈 티를 즐기면서 애프터눈 티 문화가 대중화된 것입니다.

애프터눈 티 문화가 어떻게 생겨났는지에 대한 정보가 머

릿속에 입력되니, 그때부터 상상의 나래가 펼쳐졌습니다. 옆집에서는 마시기 어려운 특별한 티를 찾는 수요가 늘어나면서 티 산업이 발달했을 것이고, 티의 평준화가 이뤄진 후에는 디저트로 차별화시키려는 니즈가 생기면서 디저트 산업이 성장했을 것이며, 디저트마저 비슷해진 다음에는 그릇 등을 새롭게 하려는 흐름이 형성되면서 테이블웨어 산업이 커졌을 거란

가설이었습니다.

확인할 방법이 없는 상상이라도 하니 뭐라도 건진 것 같아 그나마 마음이 놓였습니다. 그렇게 아쉬움과 아까움을 뒤로 한채 다음 목적지들을 취재하기 위해 매장을 나왔습니다. 계획한 동선을 따라 이곳저곳을 누비다가 '하비 니콜스' 백화점 앞에서 공작부인이 일으킨 나비효과의 끝모습을 우연히 목격하게 됩니다. 애프터눈 티세트를 제공하는 2층 버스가 눈앞에 지나간 것입니다.

이 버스는 런던의 주요 관광지를 돌아다니면서 버스 안에서 애프터눈 티세트를 서빙합니다. 그래서 좌석도 일반 버스와 달리 테이블 좌석으로 되어 있습니다. 런던이 애프터눈 티 문화로 유명하니 이를 즐겨야겠는데, 애프터눈 티세트를 먹자니 한창 관광을 해야 하는 시간과 겹쳐서 딜레마에 빠지는 여행객을 위한 서비스입니다.

애프터눈 티 문화가 관광 산업으로까지 이어지는 풍경을 보면서, 매드 해터스 애프터눈 티에서 했던 상상이 어쩌면 그랬을 수도 있겠다라는 생각이 들었습니다. 검증하긴 어렵지만, 출출함과 심심함에 솔직했던 공작부인의 행동이 티, 디저트, 테이블웨어, 관광 등 여러 산업에 직간접적인 영향을 미친 게 아닐까요. 여전히 과장된 인과관계이지만요.

!

# 18 세상에서 가장 멋진 청소차

#뱅크사이드 #일의 의미 #청소차의 변신

누구나 언젠가 한 번쯤 들어봤을 법한 이야기가 있습니다. 벽돌공의 일에 대한 이야기입니다. 아시다시피 내용은 간단합니다.

벽돌을 쌓고 있는 3명의 벽돌공에게 물었습니다.

"무엇을 하고 있습니까?"

첫 번째 벽돌공은 '벽돌을 쌓고 있다.'고 대답했고, 두 번째 벽돌공은 '벽을 세우고 있다.'고 말했으며, 세 번째 벽돌공은 '아이들의 꿈을 키워줄 학교를 짓고 있다.'고 답변했습니다.

3명의 벽돌공은 같은 일을 하고 있지만, 각각이 일을 바라보는 관점이 다릅니다. 첫 번째 벽돌공은 자신이 하는 행위

에 초점을 맞추고 있고, 두 번째 벽돌공은 자신에게 주어진 목표에 집중하고 있으며, 세 번째 벽돌공은 지금 하고 있는 일의 의미에 무게중심을 두고 있습니다. 일을 바라보는 관점이 다르니 일의 과정과 결과에 차이가 날 수밖에 없습니다. 예상 가능하듯이, 일의 의미를 이해할 때 일의 과정에서 동기부여가 되고 일의 결과에 대한 완성도도 높아집니다. 3명의 벽돌공은 똑같은 일을 하는 것처럼 보여도, 똑같지 않은 일을 하는 셈입니다.

런던의 거리를 거닐다가 뜬금없이 벽돌공 이야기가 떠오른 건, 다른 곳에서는 본 적 없는 색다른 트럭을 발견했기 때문입니다. 테이트 모던 뮤지엄의 주변을 걷고 있는데 분홍색의 소형 트럭이 지나갔습니다. 고정관념을 깨는 트럭의 색깔에 눈길이 갔고, 용도가 궁금하던 찰나에 트럭에 적혀 있는 문구가 보였습니다.

'Delivering a cleaner, greener Bankside'

내용을 보니 색깔은 튀고, 생각은 트인 청소차였습니다. 그들이 하는 일을 쓰레기를 치우는 일로 보는 것이 아니라 더 깨끗하고, 더 푸른 뱅크사이드를 배달하는 일로 정의하고 있

었습니다. 일에 의미가 담겨 있으니 청소차가 멀리하고 싶은 대상에서 지역 사회에 꼭 필요한 차로 거듭나 보입니다. 청소차를 바라보는 행인의 관점도 달라질 정도인데, 그 차를 타고 일을 하는 사람의 마음도 보통의 청소부와 다르지 않을까요. 물론 그 차를 보고 나서 뱅크사이드 지역이 런던의 다른 지역에 비해 유난히 깨끗해 보였던 건 기분 탓이었을 테고요.

!

# 19 돈을 날리고도 평온을 찾는 셈법

#영국 중앙은행 #일상 속 예술 #자기 합리화

•••

계획을 세우는 일은 중요하지만, 계획대로 되지 않을 가능성을 열어둘 필요도 있습니다. 《퇴사준비생의 런던》을 준비할 때도 마찬가지였습니다. 원래의 계획대로라면 《퇴사준비생의 도쿄》 출간 후에 6개월 정도의 간격을 두고 《퇴사준비생의 런던》을 출간하려고 했었습니다. 그래서 런던으로 취재를 떠난 것도 《퇴사준비생의 도쿄》 출간 전인 2017년 5월이었습니다. 이때까지는 계획에 문제가 없었는데, 역설적이게도 《퇴사준비생의 도쿄》 출간 이후 계획이 틀어집니다. 기대 이상의 반응에 감사하게도 여기저기서 사업 제휴나 프로젝트 의뢰가 들어왔기 때문입니다.

밀려드는 일들이 있는데, 이를 마다하고 《퇴사준비생의 런던》을 쓸 수는 없었습니다. 그래서 자연스럽게 콘텐츠 제작은 우선순위에서 밀렸습니다. 그렇게 1년 정도가 지난 시점에, 2018년 가을을 목표로 책을 낸다는 계획을 다시 세웠습니

다. 물론 수정의 가능성을 열어 두었지만 변수는 상대적으로 줄어들었던 상황이었습니다. 밥밥 리카드, 시크릿 시네마, 카스 아트, 바쉬, 로버슨 와인 등 새로운 목적지들을 추가하기도 했고, 기존의 목적지 중에서도 내용 보강이 필요한 곳들이 있어서 2018년 4월 말에 런던으로 추가 취재를 갔습니다.

1년 여만에 다시 방문한 런던은 여전했습니다. 변덕스러운 날씨마저도 변함없었습니다. 하지만 예상치 못한 곳에서 변화가 있었습니다. 식당에서 밥을 먹고 돈을 냈는데 돈을 받을 수가 없다는 것이었습니다. 현금이 사라진 사회가 된 게 아니라 신권이 나와서 구권은 더이상 통용되지 않는다는 설명이었습니다. 신권과 구권을 병행하면서 쓰지 않느냐는 반문에 그는 일정 기간 그랬으나 3월부터는 더이상 10파운드짜리 구권은 쓸 수 없다고 답변해 주었습니다. 심지어 이제는 일반 은행에서도 구권을 취급하지 않으니 돈을 바꾸려면 중앙은행으로 가야 한다고 덧붙였습니다.

후속 취재를 가면서 환전했던 돈이 아니라 첫 번째 취재 때 남았던 파운드가 문제였던 것입니다. 그 당시 100파운드[약 15만원]가량 남는 돈을 나중에 런던 갈 일이 생길 때 쓰려고 한화로 환전하지 않고 보관해 둔 돈이었습니다. 환전 수수료 몇 푼 아끼려다가 아예 돈을 쓸 수 없게 된 셈이었습니다. 물론 중앙은행 가서 돈을 바꾸면 되니 방법이 없는 건 아니었습니다.

고민이 되었습니다. 하필이면 그 순간 농담처럼 떠돌던 빌 게이츠 일화가 떠올랐기 때문입니다. 빌 게이츠는 길거리에 100달러약 12만원가 떨어져 있어도 줍지 않고 그냥 지나친다고 합니다. 초당 버는 수입이 100달러 이상이니 100달러를 집기 위해 허리를 굽히면서 몇 초의 시간을 낭비하는 것보다 본업에 충실하는 게 더 이득이라는 우스갯소리였습니다. 당연히 빌 게이츠에 비할 바는 아니지만 철 지난 농담이 불현듯 생각나 중앙은행에 가서 돈을 바꿀 것인가, 아니면 그 시간에 취재를 갈 것인가를 두고 갈등하기 시작했습니다. 15만원 가량은 버리기엔 아까운 돈이었지만, 시간당 출장비를 고려하면 취재를 하는 편이 더 나은 선택처럼 보였습니다.

한참을 고민하다가 아침 일찍 중앙은행에 가기로 결론지었습니다. 어차피 취재의 대상이 되는 곳들 중에 오전 10시 전에 문 여는 매장은 거의 없으니, 체력적으로는 부담이 되겠지만 잠을 줄이면 어느 하나 포기하지 않을 수 있다는 계산이었습니다. 그래서 이른 아침부터 길을 나서서 중앙은행이 있는 뱅크역에 도착했습니다. 지하철역에서 중앙은행이 위치한 쪽의 출구를 찾으려고, 무심코 주변 안내도를 봤다가 그 자리에 멈춰 섰습니다. 부조로 주변 안내도를 위엄있게 감싼 것도 인

상적이었지만, 지도로 표시하지 않고 일러스트로 주변 안내를 하는 점이 더 눈에 띄었기 때문입니다.

일러스트로 주변의 풍경을 묘사하고 이층 버스에 빨간색으로 포인트를 준 주변 안내도를 보면서, '이곳을 지나다니는 사람들은 일상에서 예술을 경험하겠구나.'라는 생각이 들었습니다. 그리고 이 출구를 나가면 분명히 일러스트 속의 풍경이 펼쳐져 있을 거라는 기대가 생겼습니다. 그래서 출구 밖을 나와 중앙은행으로 바로 가지 않고 일러스트레이터가 그림을 그렸을 법한 위치에 서서 빨간 버스가 지나갈 때까지 기다렸습니다. 왜인지는 모르지만 그냥 그의 시선으로 풍경을 감상하면서, 그림 속에 옮겨진 일상을 눈으로 직접 확인하고 싶었습니다.

주변 안내도 덕분에 예정에 없었던 시간을 보내다가, 이곳에 온 목적이 떠올랐습니다. 그래서 걸음의 속도를 높여 중앙은행으로 이동했습니다. 영업시간 전이라 아무도 없을 거라는 예상과 달리, 아직 열지 않은 중앙은행의 문 앞에 이미 줄이 길게 늘어서 있었습니다. 인당 환전 속도를 알 수는 없어도 최소 1시간은 족히 걸릴 것처럼 보였습니다. 긴 줄을 보고 의사결정을 하는 데는 1초도 걸리지 않았습니다. 100파운드를 포기하고 런던에서의 본업 활동에 집중하기로 마음먹었습니다.

100파운드, 시간, 체력 모두를 날린 셈이지만, 뱅크역의 예술적인 주변 안내도를 우연히 발견한 것으로 위안을 삼기로 했습니다. 15만원짜리 갤러리에 다녀왔다고 생각하니 마음이 편안해졌달까요. 그리고 결정적으로 이 일이 아니었다면 뱅크역에는 가볼 일이 없었을 테니까요.

!

# 20 베끼고도 떳떳한 편집의 기술

#V&A 뮤지엄 #오리지널이 된 카피캣
#3D 프린터로 만든 예술

베낀 작품이 버젓이 박물관에 전시되어 있습니다. 알려지지 않은 작품을 남몰래 베낀 게 아닙니다. 미켈란젤로의 '다비드 조각상The statue of David', 라파엘로의 '아테네 학당The school of Athens', 로마 시대의 '트라야누스 기둥Trajans' column' 등 내로라하는 작품들로 가득합니다. 원작을 바탕으로 새롭게 변형한 것도 아닙니다. 원작을 있는 그대로 복제했습니다. 이름 모를 뮤지엄이냐 하면, 그렇지도 않습니다. 런던을 대표하는 뮤지엄 중 하나인 'V&A 뮤지엄Victoria and Albert museum'의 '캐스트 코트The Cast Courts' 관에서 볼 수 있는 풍경입니다. 보통의 경우 원작을 전시하는데, 어떤 연유로 V&A 뮤지엄은 캐스트 코트 관을 복제품으로 가득 채워 놓았을까요?

V&A 뮤지엄이 존재하는 이유를 알고 나면 캐스트 코트 관에 펼쳐진 역설적인 상황을 이해할 수 있습니다. V&A 뮤지엄을 열 당시, 영국은 산업 혁명으로 인해 기술적으로는 발전

CAST COURT

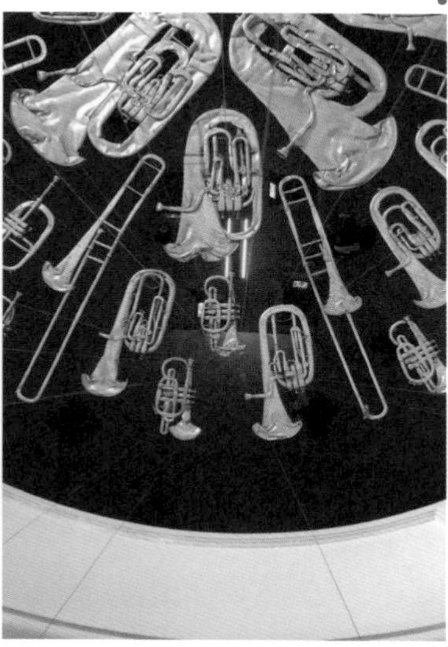

했지만, 주변 유럽 국가들에 비해 예술적 수준은 뒤처져 있었습니다. 그래서 영국 사람들의 전반적인 미적 감각을 향상시키고 아티스트를 육성하려는 목적으로 V&A 뮤지엄을 설립했습니다.

예술에 대한 배움의 기회를 제공하기 위해 다양한 소장품들을 전시했으나 아쉬운 부분이 있었습니다. 조각, 회화 등 최고 수준을 자랑하는 작품들은 소장하기가 어려웠습니다. 그렇다고 교육을 위해 시민들을 유럽 대륙으로 보낼 수도 없는 노릇이었습니다. 그래서 아티스트들을 보내 최고의 작품들을 복제해서 영국으로 가져와 캐스트 코트 관에 전시했습니다. 물론 불법 복제는 아니고, 1867년에 유럽 대표들이 모여 예술 작품들을 복제해 공유하자는 국제 조약을 맺었기에 가능한 일입니다.

카피한 작품들로 채운 공간인데, 100년이 넘는 시간이 흐르자 또 다른 역설적인 현상이 발생합니다. 원본이 파손되거나 소실될 경우, 캐스트 코트 관의 복제 작품들이 원본의 역할을 대신해 미술사 연구의 대상이 되는 것입니다. 예를 들어 트라야누스 기둥의 원본은 광장에 위치해 있어 기둥 일부에 부식이 진행된 반면, 실내인 캐스트 코트 관에 자리한 복제 작품은 그대로 보존되어 있어 연구에 더 적합해졌습니다. 교육적 목적을 위해 본떠온 작품들에 역사적 맥락이 생기면서 오리지널로서의 가치가 생기는 셈입니다.

이처럼 역설로 시작해 역설이 된 캐스트 코트 관은, 카피한 작품들로 채웠다는 점을 감안하더라도 작품의 종류와 규모가 압도적이었습니다. 심지어 정교하기까지 했습니다. '과거의 기술로 가능했을까?'라는 의문이 들 정도였습니다. 작품을 복제할 아티스트들을 대규모로 파견하는 거야 그럴 수 있다쳐도, 그 크고 무거운 작품들을 손상 없이 바다 건너 런던으로 가지고 오는 일은 상상이 안되었습니다. 운반의 문제를 해결하기 위해 카피한 작품이 아니라 본뜰 틀을 가져와 런던에서 제작했다 해도, 그 틀 자체를 온전하게 이동시키는 일이 만만치 않았을 거란 생각이 들었습니다.

100여 년 전에 사회 전반의 미적 감각을 높이기 위해 단행한 담대한 도전에 감탄을 하면서도, 한편으로는 '현재의 기술이라면 더 쉽고 빠르게 구현할 수 있지 않을까?'라는 궁금증이 생겼습니다. V&A 뮤지엄은 저와 같은 사람들의 호기심을 알고 있다는 듯, 3D 프린터로 복제한 작품도 전시해 두었습니다. 신고전주의 양식을 대표하는 조각가인 안토니오 카노바의 '비너스로 분장한 폴린 보르게세Paolina Bonaparte as Venus Victrix'라는 작품입니다.

이 작품은 캐스트 코트 관에 복제되어 있는 과거의 작품들과 다른 점이 있었습니다. 원작보다 크기를 작게, 그리고 3가지의 서로 다른 소재로 출력해 놓았습니다. 3D 프린터를 활용할 경우, 석고로 본뜰 때와 달리 크기를 조절하거나, 색상을 바꾸거나, 소재를 달리하는 등의 시도를 더 간단하게 할 수 있기 때문에 가능한 일입니다. 예술에 기술이 더해지면 어떤 결과가 나올 수 있는지를 시범적으로 보여주는 듯합니다.

새로운 방식을 선보이는 의미있는 시도였지만, 한계도 보였습니다. 과거에 복제한 작품은 원작의 디테일까지도 전달하는 반면, 3D 프린터로 출력한 작품은 원작의 미묘한 뉘앙스까지 복제하진 못했습니다. 그럼에도 불구하고 형태적인 면을 배우고 응용해볼 때는 3D 프린터가 더 효과적이면서도 효율적일 것이 분명했습니다.

V&A 뮤지엄의 캐스트 코트 관 사례에서 볼 수 있듯이 카피가 꼭 나쁜 건 아닙니다. 카피하는 목적이 건설적이고, 원작자를 존중하며, 새로운 가치를 만들 수 있다면 카피한 결과물도 오리지널만큼이나 의미를 가질 수 있지 않을까요.

!

# 21 아트가 된 '퇴사준비생의 런던'

#스트리트 아트 #추잉껌 아티스트 #몰입의 아름다움

스트리트 아트는 거리를 감각적으로 만들지만, 공공시설을 훼손하는 일이므로 원칙적으로는 불법입니다. 그럼에도 불구하고 법 적용에 있어서는 인심이 후합니다. 런던에서는 그림을 그리는 동안 현장에서 걸리지만 않는다면 사후에 추적해서 처벌하지는 않습니다. 그래서 아티스트들은 20분 내로 작업을 마치고 도망칠 수 있을 정도로 작품을 구상해 그들의 예술성을 뽐냅니다. 경찰관들이 CCTV를 확인하고 출동하는 데 걸리는 시간을 20분 정도로 보는 것입니다.

시간 제약이 예술 활동을 하는 데 꼭 불리한 것만은 아닙니다. 현장에서 잡히지 않기 위해 표현 방식에 창의성이 더해지고 작품에 시그니처가 생깁니다. 런던에서는 다양한 스트리트 아티스트들이 각자의 방식으로 활동하고 있는데, 이 중에서도 눈길을 끄는 아티스트가 '벤 윌슨Ben Wilson'입니다. 보통의 스트리트 아티스트들이 단속을 피하는 방식으로 작업을 한다면, 그는 작업 과정을 보란 듯이 드러냅니다. 그의 작업은 불법이 아니기 때문입니다. 길거리에 작품 활동을 하는 건 다르지 않은데 어떻게 그의 작업은 법에서 자유로울까요?

그의 캔버스는 길바닥에 눌러붙은 추잉껌입니다. 버려진 추잉껌은 공공시설이 아니라 쓰레기이기 때문에 단속의 대상이 되기 어렵습니다. 처벌을 하려면 껌을 뱉은 사람을 찾아야지 버려진 껌 위에 그림을 그리는 사람을 처벌할 수 없다는 판결도 있습니다. 오히려 껌 얼룩으로 지저분해진 거리를 아름답게 하는 효과를 고려하면 상을 줘도 모자랄 판입니다. 법과 예술의 경계에서 윈윈Win-Win할 수 있는 방법을 찾은 셈입니다.

껌에다가 그림을 그리겠다는 발상도 기발한데, 그가 갤러리로 삼는 곳도 창의적입니다. 그는 테이트 모던 뮤지엄으로 이어지는 밀레니엄 브릿지를 자신의 갤러리로 만들기 위해 다리 위에 버려진 껌들을 하나하나 작품으로 채색하고 있습니다. 테이트 모던 뮤지엄에 전시된 작품을 보려는 사람이라면 누구나 건너는 다리지만 아무도 관심을 갖지 않던 바닥을, 모두를 위한 갤러리로 꾸민다는 아이디어 자체가 예술적입니다.

이처럼 버려진 껌을 캔버스로 삼고, 아무도 관심 없는 밀레니엄 브릿지의 바닥을 자신만의 갤러리로 만들려는 벤 윌슨을 우연히 만났습니다. 테이트 모던 뮤지엄으로 가기 위해 밀레니엄 브릿지를 건너는데, 옷에 알록달록한 물감을 잔뜩 묻힌 사람이 다리 위를 천천히 걷고 있는 것이었습니다. 누가 봐도 아티스트의 풍모인데, 밀레니엄 브릿지 위에 있으니 벤 윌슨일 거란 확신이 들었습니다.

다가가서 물어보니 아니나 다를까, 벤 윌슨이었습니다. 작품 활동에 대한 대화를 나누다가 《퇴사준비생의 런던》에서 추잉껌 아트를 소개한 이야기를 하게 되었습니다. 그는 소개해줘서 고맙다며 마침 추잉껌에다가 그림을 그리려는데 원하는 문구가 있으면 그림에 넣어줄 테니 알려달라고 했습니다. 그가 내민 노트에 제가 적은 문구는 '퇴사준비생의 런던'이었습니다. 한글을 모르는 아티스트가 길이도 길고 형태적으로도 난이도가 있는 문구를 반영할 수 있을까란 걱정이 있었지만, 그 순간 그 자리에서 머릿속에 떠오른 유일한 문구였습니다.

노트를 받아 든 그는 잠깐 멈칫하더니, 이내 글자를 더 크게 적어달라고 했습니다. 그는 더 크게 적힌 문구를 받아들고 바닥에 앉아 그림을 그리기 시작했습니다. 비가 와서 우산을 쓴 채 그 작은 껌 위에 한땀 한땀 그림을 그려 20여 분 만에 '퇴사준비생의 런던' 문구가 적힌 하나의 작품을 완성했습니다. '퇴사준비생의 런던'을 글자가 아니라 이미지로 인식해 추잉껌에 그대로 그려낸 것이었습니다. 작업을 마치고, 그는 노트

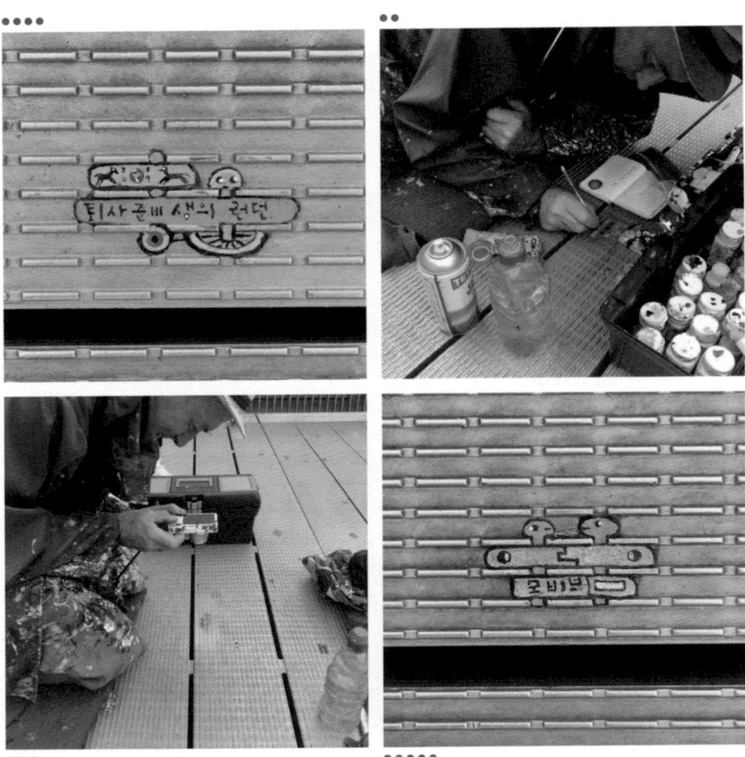
퇴사준비생의 런던

의 문구 옆에 'Completed on millennium'이라고 적은 다음에 디지털카메라를 꺼내 작품 사진을 찍었습니다.

그만의 의식을 마친 후, 그는 자연스럽게 저와 함께 있던 《모든 비즈니스는 브랜딩이다》, 《나음보다 다름》, 《배민다움》, 《그로잉 업》의 저자 홍성태 교수님에게도 원하는 문구를 알려달라고 했습니다. 홍성태 교수님은 현재 운영 중이신 '모비브' 아카데미를 작품에 넣어 달라고 요청하셨고, 덕분에 밀레니엄 브릿지의 바닥이자 벤 윌슨의 갤러리에 '퇴사준비생의 런던'과 '모비브'가 적힌 작품이 나란히 걸렸습니다.

지나가는 사람들의 시선을 아랑곳하지 않고 자기만의 작품 세계에 열중하는 벤 윌슨을 보면서, 껌 위에 그린 작품뿐만 아니라 몰입이 뿜어내는 아름다움에 취할 수 있었던 시간이었습니다. 런던을 갈 때마다 어김없이 방문해서 감상하고 싶은 곳이 생긴 건 덤입니다.

**!**

# 22 250년을 이어온 전시회의 비결

#왕립 아카데미 여름 전시회 #공정한 기회
#소원을 말해봐

250년 동안 한 해도 거르지 않고 열린 전시회가 있습니다. 영국의 '왕립 아카데미 여름 전시회Royal Academy Summer Exhibition'입니다. 아무리 예술 분야라 하더라도 250년이라는 시간 동안 전쟁, 정쟁, 투쟁 등으로부터 완전히 자유로울 수 없었을 텐데, 어떻게 한 번도 빠짐 없이 전시회를 열 수 있었을까요?

여름 전시회를 전통으로 만들려는 왕립 아카데미의 의지가 보이지 않는 근간이었겠지만, 의지만으로 250년의 시간을 이겨 나가긴 쉽지 않습니다. 지속가능한 구조를 만들었기에 가능한 일입니다.

여름 전시회는 기본적으로 누구에게나 열려 있는 전시입니다. 관람객은 물론이고, 출품자에게도 제한이 없습니다. 전세계적으로 유명한 아티스트부터 전시회에 처음 출품해보는 신인까지 아무나 참가할 수 있습니다. 그렇다고 전시회에 모든 출품작을 거는 건 아닙니다. 해마다 전시를 총괄하는 책임

**Emily Allchurch**
BABEL BRITAIN (AFTER VERHAECHT)

자가 있어 전시의 테마나 방향을 정하고, '왕립 미술원Royal Academy of Arts' 졸업생들이 작품을 선정해 전시회를 엽니다.

참가 조건만 열려 있는 게 아닙니다. 실제로 선정되는 작품의 상당수가 무명작가들의 작품입니다. 작가의 이름에 기대는 것이 아니라 오롯이 작품으로만 평가하는 것입니다. 여기에다가 작품을 걸 때도 공평함을 추구합니다. 유명한 아티스트의 작품이라고 해서 더 잘 보이는 곳에 배치하는 일은 없습니다. 심지어 작품 아래에 아티스트의 이름조차 붙여 놓지 않습니다. 작품에만 집중하자는 뜻입니다. 그뿐 아닙니다. 장르도 열어둡니다. 그림은 물론이고 조각, 건축, 사진, 필름 등 다양한 영역을 다룹니다. 누구에게나 열려 있고, 작품에만 집중하며, 장르에 제한을 두지 않으니 전시회가 지속가능한 생명력을 갖습니다.

250년의 시간을 이겨내고 251회째를 맞은 여름 전시회에도 다양한 작품들이 전시되었습니다. 그중에서도 3가지의 작품이 눈에 띄었습니다.

첫 번째는 바벨탑을 모티브로 한 작품입니다. 바벨탑은 사람들이 서로 다른 언어로 뿔뿔이 흩어져 살게 된 이유를 상징하는 건축물입니다. 이 건축물을 현대적으로 재해석했습니다. 시대별 건축 양식을 적용해 바벨탑을 쌓았고, 군데군데 광

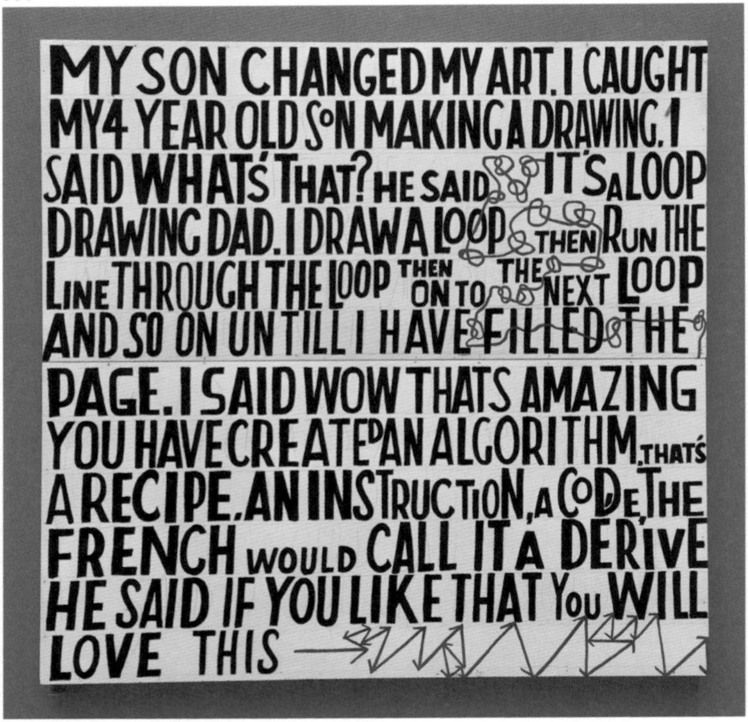

MY SON CHANGED MY ART. I CAUGHT
MY4 YEAR OLD SON MAKING A DRAWING. I
SAID WHAT'S THAT? HE SAID IT'S A LOOP
DRAWING DAD. I DRAW A LOOP THEN RUN THE
LINE THROUGH THE LOOP THEN ON TO THE NEXT LOOP
AND SO ON UNTILL I HAVE FILLED THE
PAGE. I SAID WOW THATS AMAZING
YOU HAVE CREATED AN ALGORITHM. THAT'S
A RECIPE. AN INSTRUCTION, A CODE. THE
FRENCH WOULD CALL IT A DERIVE
HE SAID IF YOU LIKE THAT YOU WILL
LOVE THIS

**Bob and Roberta Smith RA**
MY SON CHANGED MY ART

고판이나 전광판 같은 이미지를 넣어 현실 속의 건축물처럼 표현했습니다. 그리고 바벨탑의 꼭대기엔 영국 국기를 꽂아 두었습니다. 유럽 연합을 탈퇴해 독자 노선을 가기로 한 브렉시트Brexit를 풍자하거나, 혹은 스코틀랜드의 독립 운동으로 분열 위기에 놓인 영국을 은유하는 듯합니다. 어떤 의도였던 간에 과거의 '토비아스 베르하흐Tobias Verhaecht' 작품을 재해석하여 현대적인 메시지를 표현한 점이 흥미롭습니다.

두 번째는 낙서를 모티브로 한 작품입니다. 작품의 대부분은 텍스트로 되어 있습니다. 아티스트는 아들이 자신의 작품에 영향을 미쳤다고 고백하며, 아들과의 대화를 이미지로 풀어냅니다. 대화의 내용을 요약하자면 이렇습니다. 아들이 특정 패턴으로 종이를 채우고 있었는데, 아티스트가 그 광경을 보고 패턴을 만드는 알고리즘이 예술로서의 시그니처가 될 수 있다는 깨달음을 얻습니다. 새로운 장르를 개척했다고 칭찬하는 아빠에게 아들은 '만약 아빠가 저것을 좋아한다면, 이것도 좋아할 거예요.'라고 말하면서 다른 패턴을 보여줍니다. 대화를 예술 작품으로 승화시킨 아이디어와 인터넷 시대의 추천 알고리즘을 예술 작품에 적용한 위트가 인상적입니다.

세 번째는 보름달을 모티브로 한 작품입니다. 아티스트는 이 작품에서 보름달을 초현실적으로 키웠습니다. 작품의

**Jock McFadyen RA**
MALLAIG

1/4을 차지한다고 해서 보름달이 크다고 말하기는 어렵지만, 달 아래 있는 바닷가 마을의 야경을 보면 현실에서 볼 수 없는 달의 크기라는 것을 판단할 수 있습니다. 바닷가 마을의 밤하늘이라는 평범한 소재인데, 달의 크기만 바꿔 그림에 대한 주목도를 높인 것입니다. 달을 초현실적으로 키우니 중력이 생겼는지, 이 작품은 사람들을 끌어당기는 힘이 있었습니다. 작품 속 달 앞에 선 사람들은 그 앞에서 한참을 머물렀는데, 마치 보름달에 소원을 비는 듯 보였습니다.

저 역시도 초현실적인 크기의 보름달에 이끌려 그 앞에 섰습니다. 그리고는 누가 시키지도 않았는데, 마음속에 간직하고 있던 소원을 꺼내 보름달에 건넸습니다. 초현실적으로 큰 보름달이라면 여행객의 작은 소원마저도 보듬어줄 것만 같았으니까요.

# 23 버려진 석탄 창고의 위트 있는 변신

#콜 드롭스 야드 #토마스 헤더윅
#도시 재생의 새로운 패러다임

런던은 도시 재생의 모범을 보여주는 도시입니다. 방치된 화력 발전소를 외관은 고스란히 둔 채 미술관으로 리모델링한 '테이트 모던 뮤지엄', 맥주 양조장으로 쓰였던 터를 아티스트들이 작품 활동을 할 수 있는 지역으로 활성화시킨 '트루먼 양조장', 우범 지대를 스트리트 아트 등이 가득한 문화예술지역으로 탈바꿈시킨 '쇼디치' 지역 등 버려진 공간의 쓸모를 찾아 꾸준히 재생시켜 왔습니다.

도시 재생의 모범 사례를 만들어 온 런던에서, 이 정도로는 충분하지 않은지 최근에 또 하나의 도시 재생 결과물을 내놓았습니다. '콜 드롭스 야드Coal Drops Yard'입니다. 18세기 산업혁명이 한창일 때 석탄 저장 창고로 쓰였으나 석탄 수요가 급감해 기능을 잃고 방치되었던 곳을 오피스, 쇼핑몰, 학교 등이 들어선 복합문화공간으로 재탄생시킨 것입니다.

쓸모를 잃은 공간에 활력을 불어넣는다는 측면에서는 기존의 도시 재생과 맥을 같이 하지만, 활력을 불어넣는 방법에서는 차이가 있습니다. 그동안의 도시 재생이 예술을 소재로 활용했다면, 콜 드롭스 야드는 비즈니스를 전면에 내세웠습니다. 아티스트들을 불러들인 게 아니라 구글, 페이스북 등 글로벌 IT 기업의 직원들을 끌어들였고, 아틀리에나 예술 작품으로 공간을 구성하기보다 예술적인 디자인 감각을 지닌 브랜드들을 입점시켰습니다.

그도 그럴 것이 이 지역은 교통의 요지라 비즈니스에 유리한 조건을 갖췄습니다. 과거에는 철도와 운하가 만나는 곳이었고, 현재에는 유럽 대륙으로 연결되는 '유로스타Eurostar'를 탈 수 있는 곳입니다. 지정학적으로 영국과 유럽 대륙을 이어주는 접점인 셈입니다. 이 지역에 위치한 세인트 판크라스 역에서 기차를 타면 바다 건너의 파리로 편리하게 갈 수 있어, 미국의 IT 기업들이 영어를 쓰는 런던에 거점을 두고 유럽에서의 비즈니스를 펼쳐갈 수 있는 최적의 장소입니다. 또한 교통의 요지엔 자연스레 사람들이 모이기 때문에 쇼핑몰이 자리 잡아도 어색함이 없습니다.

이처럼 비즈니스를 중심으로 런던의 새로운 명소가 된 콜 드롭스 야드엔 여느 도시 재생 사례와 다른 점이 하나 더 있습

니다. 외관에도 변형을 꾀했다는 것입니다. 겉모습을 그대로 두고 내부를 리모델링하는 보통의 방식과 달리, 석탄 창고로 쓰이던 건물 2개 동의 지붕을 이어 붙여 상징적인 이미지를 만들었습니다. 언뜻 보기엔 천사의 날개처럼 생겼으나, 공식 명칭은 '키스하는 지붕Kissing roofs'입니다. 물론 건물의 이름에 따라 건물 모양이 바뀌는 건 아니지만, 다르게 보일 수는 있습니

© Thomas Heatherwick Studio

다. 이 건물도 이름을 듣고 보면 이어진 부분이 익살스러운 입술처럼 보입니다. 건물 모양에도, 이름에도 위트가 담겨 있습니다.

공간 구성, 건물 디자인 등 여러 면에서 도시 재생의 새로운 패러다임을 제시하는 콜 드롭스 야드를 리모델링한 디자이너는 '토마스 헤더윅Thomas Heatherwick'으로, 이 시대의 레오나르도 다빈치라고 불릴 만큼 창의성이 넘치는 디자이너입니다. "기존 것들의 틈새에 관심이 많기 때문에 무언가를 새롭게 정의할 수 있는 기회가 생겼을 때 가장 즐겁다."고 말하는 그는 건축, 제품, 패션 등 영역을 넘나들며 전 세계 곳곳에서 주목도 높은 결과물들을 내놓고 있습니다. 런던의 상징 중 하나인 빨간 2층 버스를 리디자인하기도 했고, 양쪽으로 열리는 개폐식 다리가 아니라 한쪽으로 동그랗게 말리는 다리인 '롤링 브릿지'를 디자인하기도 했으며, 최근에는 뉴욕의 허드슨 야드에 벌집 모양의 파격적인 건축물인 '베슬Vessel'을 선보이기도 했습니다.

그의 팬으로서 《퇴사준비생의 런던》 취재를 갔을 때 그가 리디자인한 빨간 2층 버스를 찾아보고, 롤링 브릿지를 찾아간 건 물론이고, 외부인에게 개방된 쇼룸이 있을 거란 기대로 무작정 토마스 헤더윅 스튜디오를 찾아갔을 정도로 그의 창의

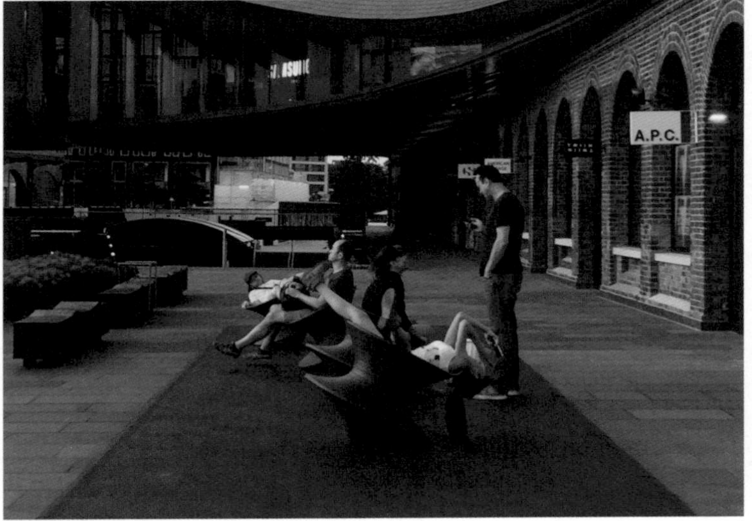
A.P.C.

적이면서 위트 넘치는 작품들이 궁금했는데, 이번에 콜 드롭스 야드를 보러 갔다가 그의 또 다른 작품을 발견했습니다.

'스펀Spun'

설치 조형물처럼 생겼지만 앉을 수 있는 의자입니다. 심지어 이 의자가 쓰러지기 직전의 팽이처럼 빙글빙글 돕니다. 앉아서 한쪽만 바라볼 수 있는 것이 아니라 360도 회전하며 주변을 입체적으로 조망할 수 있는 것입니다. 일반적인 회전의자와 달리 회전축과 지면을 활용해 의자를 회전시킨다는 접근이 창의적입니다. 심미적인 아름다움도 중요하지만, 재미있어야 사람들의 관심을 끌 수 있다는 그의 디자인 철학이 고스란히 반영된 작품입니다. 실제로 스펀에 앉아서 빙글빙글 도는 사람들을 보고 있노라면, 보는 사람에게까지도 재미가 전해집니다.

토마스 헤더윅의 위트가 곳곳에 담겨 있는 콜 드롭스 야드의 재생은 여전히 현재 진행형입니다. 콜 드롭스 야드와 킹스 크로스 역 사이로 보이는 크레인이 킹스 크로스 일대에 생길 또 다른 변화를 예고하고 있습니다. 콜 드롭스 야드를 시작으로 이 주변 일대가 또 어떻게 발전할지 궁금해집니다.

# SAN FRANCISCO

# 샌프란시스코

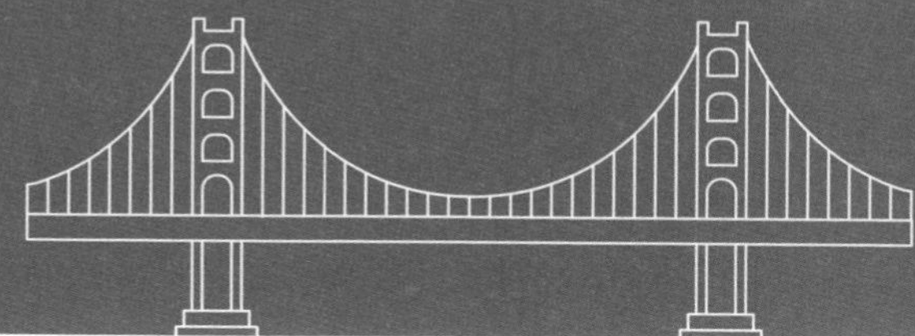

# 24 애플 파크에서 생긴 일

#애플 파크 #고객 관찰 #혁신 DNA

애플의 신사옥인 애플 파크는 요새처럼 거대하면서도, 벙커처럼 숨어있었습니다. 원형 건물인 애플 파크는 한 바퀴 도는데 한참 걸릴 정도로 규모가 큰데, 나무로 둘러싸여 있어 건물의 외관을 제대로 볼 수가 없었습니다. 게다가 외부인의 출입이 엄격하게 제한된 곳이라, 방문객이 갈 수 있는 곳은 애플 파크 비지터 센터Visitor center에 있는 애플 스토어뿐이었습니다. 애플 스토어의 외관은 주요 도시 곳곳에 있는 애플 스토어와 크게 다르지 않았지만 내부로 들어가자 다른 점이 하나씩 보이기 시작했습니다.

우선 공간 구성이 달랐습니다. 애플 제품을 판매하는 공간을 중심으로 오른쪽 옆에는 카페가, 왼쪽 옆에는 애플 파크를 소개하는 공간이, 그리고 2층에는 애플 파크를 바라보면서 쉴 수 있는 전망대가 있었습니다. 기대와 달리 애플 스토어에 있는 카페에서 음료의 혁신은 만날 수 없었습니다. 하지만 층고가 높은 공간에서 캘리포니아의 햇살을 받으면서 커피를 마시는, 기분의 혁신은 있었습니다. 전망대에도 특징적인 점은 없었습니다. 굳이 찾자면, 전망대임에도 불구하고 애플 파크를 제대로 볼 수 없는 반전이 있었습니다.

카페와 전망대에서 흥미로운 점을 발견하긴 어려웠지만, 제품을 판매하는 공간과 애플 파크를 소개하는 공간에는 눈에

••••

띄는 점이 있었습니다. 애플 스토어의 가장 큰 부분을 차지하고 있는 제품 판매 공간에서는 애플의 기기들 말고도 기념품을 판매하고 있었습니다. 물론 애플에서 기념품을 판다는 건 상상하기도 어려운 일입니다. 그러나 아무 것도 볼 수 없는 애플 파크까지 온 팬들을 배려하는 차원에서 기념품을 마련해 두었습니다. 그렇다고 기념품에 애플 로고를 넣으면 브랜드에 손상이 생길 수도 있으니, 완벽한 원형 건물로 불리는 애플 파크의 모양을 로고처럼 만들어 티셔츠, 가방 등에 얹혔습니다.

브랜드 가치를 떨어뜨리지 않으면서도 팬심을 지키려는 지혜가 돋보입니다.

판매 공간의 왼쪽 편에는 애플 파크 소개 공간이 있는데, 이곳에 가면 애플 파크의 모형물이 있습니다. 하지만 보통의 모형물과 달리 애플 파크의 형태만 구현해 놓았을 뿐, 컬러를 입히거나 조경을 표현하는 등의 디테일은 표현하지 않았습니다. 불필요해 보이는 부분을 제거해 유려한 디자인으로 만든 점은 애플다웠지만 디테일까지도 생략한게 아닌가라는 의문

이 들었습니다. 이런 저의 마음을 읽었는지, 직원이 다가와 아이패드를 건네주면서 아이패드로 모형물을 들여다보라는 설명을 덧붙였습니다.

그의 말대로 해보니, 아이패드 화면에 증강현실이 펼쳐졌습니다. 모형물에 건물의 컬러와 주변의 조경이 덧입혀지는 것은 물론이고, 거리를 달리는 자동차와 건물을 드나드는 사람들까지도 등장했습니다. 여기에다가 건물 규모, 공기 순환, 에너지 사용 등 애플 파크에 대한 세부 설명까지 아이패드를 통해 확인할 수 있었습니다. 지나치며 보는 사람들에게는 유려한 디자인의 모형물을, 관심 있게 보는 사람들에게는 건물의 상세한 내용을 보여주는 방식입니다. 아이패드를 매개로 했기에 더 그럴 듯한 애플 파크 소개 공간이었습니다.

아이패드로 애플 파크를 구경한 후 이동을 하려는데, 통유리로 된 창을 회전문 돌리듯 90도로 열어 놓은 게 눈에 들어왔습니다. 유리벽인 줄 알았는데, 개폐가 가능한 유리창이었습니다. 열려 있는 유리창을 보고 역시 애플이라는 생각이 들었습니다. 보통의 건물에서 창문 역할을 하는 통창은 아코디언 주름 접듯이 창을 열거나 여닫이 방식으로 창을 열게 되어 있어 통창의 가로 폭이 좁습니다. 아무래도 제대로 된 통창의 느낌을 내기 어렵습니다. 반면 애플 스토어에서는 회전문 돌

리듯 통창을 여니 접히는 부분이 필요 없어 통창의 가로 폭이 2배 넓어지는 효과가 생깁니다. 별거 아닌 듯 보이지만, 이렇게 통창을 디자인한 덕분에 외벽으로써의 심미성과 창문으로써의 실용성을 동시에 갖출 수 있는 것입니다.

틀을 깨는 아이디어를 기록하고자 아이폰으로 사진을 찍었습니다. 수평을 맞추는 것을 선호해 수평이 맞을 때까지 여러 차례 사진을 찍고 있었는데 직원이 다가왔습니다. 애플 스토어에서 사진을 못 찍게 하는 건 아니었지만, 사진 찍는 모습

을 보고 직원이 다가오자 괜히 찔리는 기분이 들었습니다. 그래서 눈치껏 아이폰을 거두었습니다. 하지만 사진 찍기를 갑작스레 멈추는 모습이 어색했는지, 직원은 괜찮다는 손짓을 하면서 말을 걸었습니다. 사진은 찍어도 되는데 도대체 왜 아무 것도 없는 곳을 그렇게 열심히 찍고 있는지가 궁금해서 물어보러 왔다는 내용이었습니다. 위에서 설명한 내용을 직원에게 말해주자, 그는 흥미롭다는 듯이 자리로 돌아가 동료와 이 상황에 대한 이야기를 주고 받았습니다.

놀라웠습니다. 고객을 호기심 있게 관찰하다가, 고객의 행동 패턴에서 이상 징후를 발견하자 서슴없이 다가가 이유를 물어보고 동료와 공유했기 때문입니다. 물론 직원 한 명의 사례로 업무 매뉴얼에 고객 관찰이 포함되는지 여부를 유추하기는 어렵습니다. 하지만 적어도 현장에서 근무하는 직원의 행동을 통해 애플이 추구하는 혁신의 DNA를 감지할 수는 있었습니다.

요새이자 벙커 같은 애플 파크에서 무슨 일이 일어나고 있는지는 알 수 없어도, 애플 스토어에서 생긴 일이 빙산의 일각이라는 것은 분명합니다. 스티브 잡스의 유작으로 불리는 애플 파크에서, 그의 철학과 비전에 공감하는 혁신쟁이들이 만들어낼 결과물들이 기대됩니다.

# 25 보이지 않는 곳에 담긴 진심

#인앤아웃 버거 #경영 철학 #한 끗 차이

'요리를 맛보기 위해서 특별한 여행을 떠날 가치가 있는 레스토랑Exceptional cuisine, worth a special journey'

미쉐린 3스타 레스토랑의 의미입니다. 2스타는 요리가 훌륭해 멀리 찾아갈 만한 레스토랑Excellent cooking, worth a detour, 1스타는 해당 카테고리에서 음식 맛이 뛰어난 레스토랑Very good cooking in its category을 뜻합니다. 요리 재료의 수준, 요리법과 풍미의 완벽성, 요리의 창의적인 개성, 가격에 합당한 가치, 전체 메뉴의 일관성 등의 평가 기준으로 시간을 투자해 가볼 만한 레스토랑을 선정하는 것입니다.

미쉐린 가이드에 등재되어 있진 않지만, 미쉐린 가이드가 별점을 매기는 기준대로라면 '인앤아웃 버거'는 미쉐린 2스타쯤 되는 레스토랑입니다. 인앤아웃 버거의 햄버거를 먹기 위해 미국 서부 지역으로 여행을 떠나는 건 무리일지 몰라

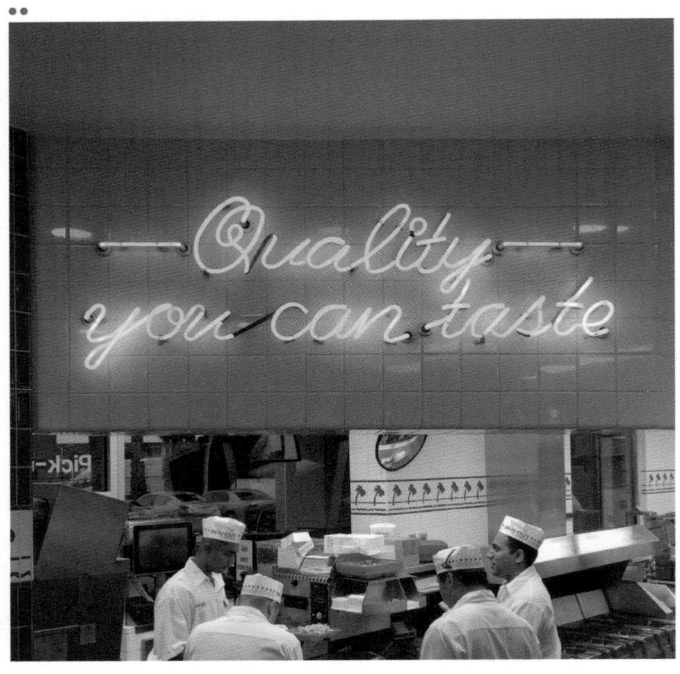


도, 미국 서부 지역으로 여행 중이라면 일부러 인앤아웃 버거를 찾아가도 될 만큼 맛이 훌륭합니다.

맛의 비결은 심플합니다. 주문을 받은 후에 신선한 재료로 즉석에서 조리해 건강한 햄버거를 만드는 것입니다. 햄버거에 들어가는 쇠고기 패티는 냉장 보관한 패티만 사용하고, 감자튀김은 생감자를 썰어 바로 튀겨 내놓습니다. 맛의 비결이라기보다 햄버거 가게의 기본에 가까운데, 인앤아웃 버거는 스스로가 정한 원칙을 말로만 포장하는 게 아니라 행동으로 증명하며 미국 서부 지역 최고의 햄버거라는 명성을 얻습니다.

줄 서서 먹을 만큼 인기 있지만 인앤아웃 버거는 미국 서부 지역 밖으로 확장을 하지 않습니다. 현재의 인프라로는 신선한 재료 배송이 어렵기 때문입니다. 또한 배달 서비스 업체를 통해 매장 밖으로 고객 접점을 확대하지도 않습니다. 배달을 하게 되면 신선도와 안전성을 보장할 수 없다는 이유로, 오히려 배달 서비스 업체를 고소했을 정도입니다. 매출을 포기해가면서까지 원칙을 고수하는 것입니다.

인앤아웃 버거의 철학을 눈으로 확인해보고 싶기도 하고 대학생 때 여행갔다가 먹었던 인앤아웃 버거의 햄버거가 그립기도 해서, 실리콘 밸리 지역에 갔을 때 인앤아웃 버거 매장에 들렀습니다. 대학생 때 갔었던 매장과 같은 곳이었는데, 그 때는 인지할 수 없었던 디테일이 눈에 들어왔습니다.

새로 오픈한 매장이 아니었는데도 전등 소켓 위가 먼지 하나 없이 깨끗했습니다. 신선함과 위생을 강조하기 위한 오픈 주방이야 눈에 보이도록 설계한 공간이기에 깨끗한 상태를 유지한다고 해도, 테이블을 비추는 전등 소켓 위까지 깨끗하

게 관리하는 건 진정성 없이는 어려운 일입니다. 위생적인 환경에서 신선한 재료로 건강한 햄버거를 만들어 팔겠다는 원칙이 전등 소켓 위에서도 빛나고 있었습니다. 혹시 방문했던 매장만 우연히 그런 것이 아닐까라는 의문이 들어 다른 매장을 일부러 찾아가봤는데 마찬가지였습니다.

인앤아웃 버거처럼 기본을 더 잘하는 것Do the basics better만으로도 차별적 경쟁력을 가질 수 있습니다. 그래서 인앤아웃 버거는 미쉐린 2스타 레스토랑은 아니지만, 미쉐린 2스타 레스토랑처럼 샌프란시스코로 여행 갈 일이 있다면 찾아가 볼 만한 레스토랑입니다. 만약 음식이 아니라 경영을 기준으로 한다면, 미쉐린 3스타 레스토랑이 의미하는 바처럼 인앤아웃 버거를 벤치마킹하기 위해서라도 특별한 여행을 떠날 가치가 있는 레스토랑입니다.

!

# 26 금문교 수익모델 파헤치기

#금문교 #국제운전면허증의 함정
#계산적인 톨게이트

© Unsplash

외국에서 운전할 수 있는 자격을 얻기는 쉽습니다. 운전면허증만 있으면 국제운전면허증을 신청해 그 자리에서 바로 발급받을 수 있습니다. 이처럼 교육이나 심사 없이 국제운전면허증을 쉽게 발급받을 수 있지만, 막상 외국에 나가서 운전을 하려고 하면 어려움에 봉착합니다. 도로 시스템에 차이가 있기 때문입니다.

샌프란시스코도 예외는 아닙니다. 굽이진 언덕을 신호의 도움 없이 넘어 다녀야 하고, 도로를 함께 쓰는 트램을 신경 써야 하며, 쌩쌩 달리는 차들 사이로 비보호 좌회전을 해야 하는 등의 상황을 마주해야 합니다. 운전의 난

이도가 높은 편이지만, 그렇다고 운전을 포기하기도 어렵습니다. 대중교통이 발달되어 있지 않아 이동이 불편하기 때문입니다. ‘우버Uber’가 샌프란시스코에서 생겨난 이유이기도 합니다. 게다가 샌프란시스코에서 벗어나 실리콘 밸리 지역까지 여행할 계획이라면 더욱 운전대를 잡는 것이 유리합니다. 이처럼 운전의 어려움보다 이동의 불편함이 커서 결국 차를 렌트하게 되는데, 운전을 하다보면 서울과는 다른 교통 시스템에서 뜻밖의 아이디어를 얻기도 합니다.

하루는 일정을 마치고 머리를 비우려 세상에서 가장 아름다운 다리로 불리는 금문교에 갔습니다. 다리를 건너니 톨

게이트가 있었습니다. 통행료를 내야 할 거 같은데 그럴 필요가 없었습니다. 샌프란시스코 시내에서 다리를 건너 북쪽으로 나가는 방향에서는 통행료를 징수하지 않고, 시내로 들어오는 방향에서만 통행료를 받았으니까요. 다리를 건넜을 때 반드시 돌아올 수밖에 없는 섬 같은 지형이 아니라면 양방향에서 통행료를 걸어야 매출 누락이 없을 텐데, 한쪽에서만 통행료를 받도록 설계한 이유가 궁금해져 곰곰이 생각을 해봤습니다.

교통 정체를 해소하려는 목적이 커 보였습니다. 보통의 경우 톨게이트 앞에서 병목 현상이 발생합니다. 이때 양방향이 아니라 한쪽 방향에서만 통행료를 받으면 다리를 드나들 때 병목 현상이 한 번으로 줄어듭니다. 특히 다리를 건너 북쪽으로 나가는 방향의 병목 현상을 없애는 일은 중요합니다. 다리 위에서 차들이 꼬리에 꼬리를 물 경우, 금문교를 찾은 관광객들의 고객 경험을 망칠 수 있을 뿐만 아니라 다리에 하중이 걸려 위험할 수 있기 때문입니다.

또한 한쪽 톨게이트에서 받는 통행료를 편도의 2배로 책정하면 수익적 관점에서도 이득일 수 있습니다. 금문교를 건너는 차량은 왕복을 하거나 편도로 이용하거나 둘 중에 하나입니다. 왕복 차량은 어차피 편도 통행료를 2번 내야 하기 때문에, 한쪽 톨게이트에서 편도의 2배에 해당하는 금액을 한 번만 내면 금전적으로 손해를 보지 않습니다. 오히려 병목 현상이 한 번으로 줄어드니 시간을 아끼는 효용이 생깁니다. 반대로 운영자 측은 한쪽 톨게이트를 줄여 운영에 따른 인건비 등을 절감할 수 있습니다. 비용을 절감해 수익을 개선할 수 있는 것입니다.

그렇다면 무료로 다리를 건너가는 편도 차량에 대한 매출 실기는 어떻게 볼 수 있을까요? 한쪽에서 통행료를 편도의 2배로 받고, 북쪽행과 남쪽행을 이용하는 차량의 비율이 동일하다고 가정하면 매출이 줄어들지 않습니다. 비율의 일부 차이가 있을 수 있지만, 평균을 놓고 보면 그 차이가 크지 않을 것이고 줄일 수 있는 운영비를 생각했을 때 손해보다는 이익이 더 클 것이라 기대할 수 있습니다.

이 방식은 돈을 내지 않고 북쪽으로 올라가는 차량과 다리를 관리하는 주체 입장에서는 이익입니다. 하지만 왕복하지 않고 남쪽으로만 이동하는 차량은 편도의 2배에 해당하는 금액을 내야 하므로 부당하게 느껴질 수도 있습니다. 그럼에도 불구하고 금문교 주변의 지도를 보면 생각이 달라집니다. 금문교를 이용하지 않고 샌프란시스코 시내로 가려면 지리적 특성상 한참을 돌아가야 하기 때문입니다. 편도의 2배 비용을 내고서라도 금문교를 건너는 편이 시간적으로도, 금전적으로

••••

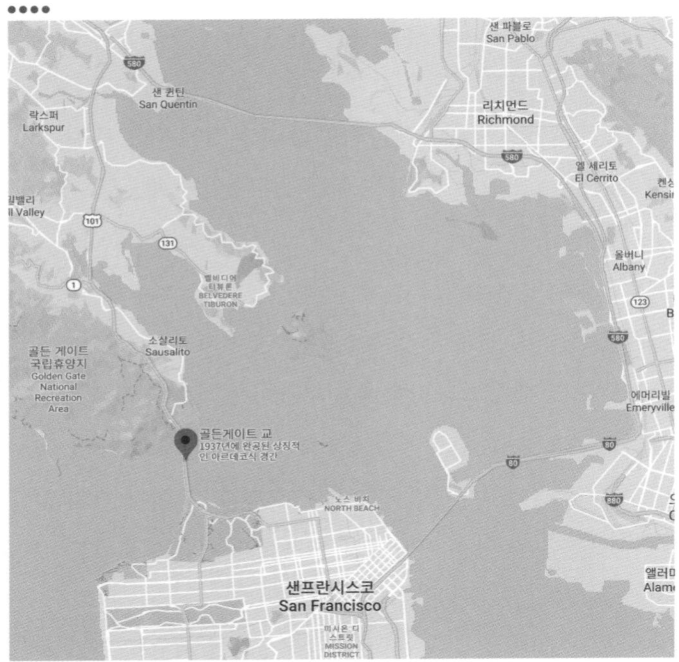

© Google Maps

도 이득입니다.

물론 금문교의 톨게이트 징수 방식에 대한 분석은 가설적인 추론입니다. 하지만 금문교 톨게이트의 변화를 보면 추론에 힘이 실립니다. 샌프란시스코의 여느 다리에 있는 톨게이트들과 달리 금문교 톨게이트는 2013년부터 현금 결제 라인을 아예 없애고 한국의 하이패스와 같은 '패스트랙Fastrak'으로 금문교 톨게이트를 전면 교체했습니다. 통행 흐름을 개선하고, 인건비를 줄이는 방향으로 시스템을 바꾼 것입니다.

차로 다리를 건너는 건 서울과 다를 바 없지만, 통행료 징수 방식의 차이 때문에 쓸데없이 생각이 짙어지는 밤이었습니다. 짙어진 안개로 금문교를 제대로 볼 수 없어서 그런 걸지도 모릅니다.

# 27 픽사 캠퍼스의 천장을 본 적 있나요?

#픽사 #조직적 창의력 #온실 효과를 막는 방법

'픽사 캠퍼스'는 동경의 대상이었습니다. 창의력 대장들이 모여 조직적 창의력을 발휘하는 공간이 궁금했기 때문입니다. 엔터테인먼트 회사에 근무했을 당시에도 픽사 캠퍼스에 벤치마킹 갈 수 있는 방법을 고민했지만 기회가 닿지 않다가, 2018년 여름에 그토록 가보고 싶던 픽사 캠퍼스를 방문할 일이 생겼습니다.

'인크레더블 2'를 개봉할 때 즈음이라서가 아니라 픽사 캠퍼스는 그 자체로 인크레더블했습니다. 차를 타고 도착할 수 있는 곳이었지만 마치 섬처럼 도심과 단절된 듯 했고, 분위기는 고요하면서도 분주했습니다. 메인 빌딩 앞에는 픽사의 마스코트인 '룩소 주니어' 조명과 '룩소 볼'을 놓아두고, 메인 빌딩에는 '스티브 잡스 빌딩'이라는 간판을 걸어두어 픽사의 오리진을 함축적으로 보여주고 있었습니다.

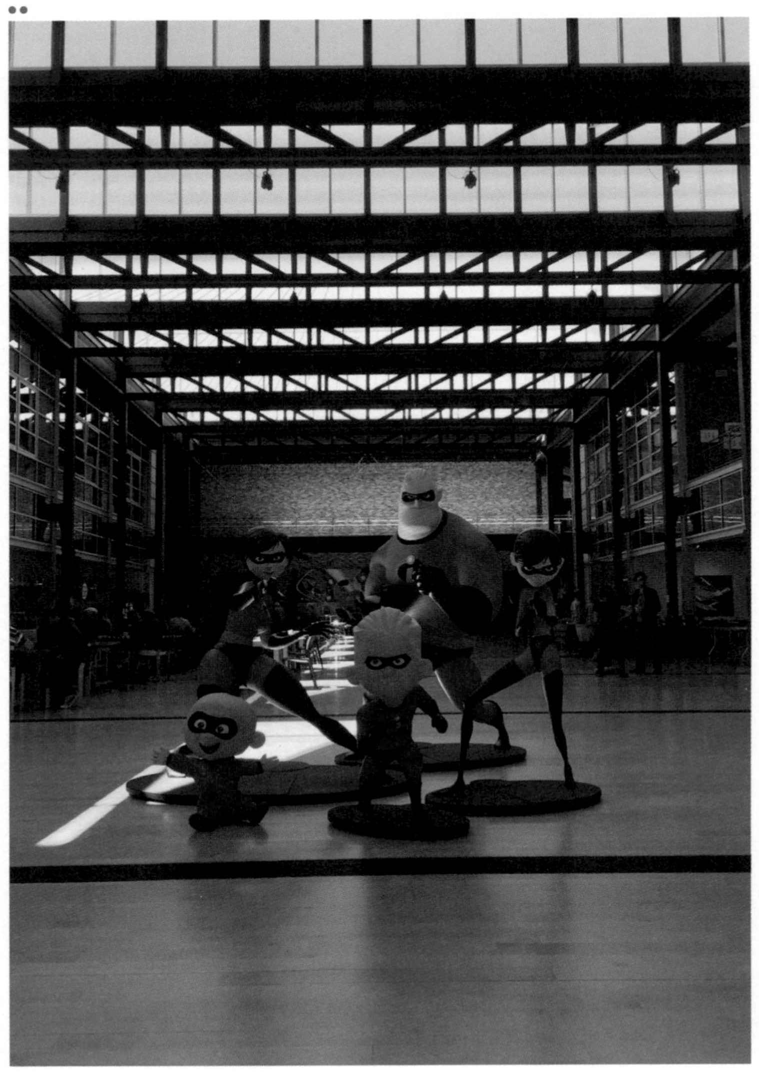

메인 빌딩에 들어서니 '인크레더블 2' 캐릭터들이 존재감을 뽐내고 있었습니다. 자신만만한 표정의 캐릭터들도 인상적이었지만, 그보다 더 눈에 띄었던 건 천장이었습니다. 중정형으로 된 중앙 공간을 높게 터 놓았습니다. 미국 미네소타 대학교의 조안 마이어스-레비 교수팀의 연구 결과에 의하면 천장이 30cm 높아질 때마다 창의력이 2배씩 올라가는데, 천장이 이 정도로 높으면 창의력이 얼마나 더 올라갈지 가늠이 안 될 정도입니다. 이 높은 천장을 더 드높게 하는 건 천장의 소재입니다. 천장을 유리로 만드니 하늘이 보이고, 천장의 높이가 사실상 무한대로 바뀝니다. 창의력에 제약이 사라지는 셈입니다.

내부 관계자의 안내에 따라 2층에 위치한 업무 공간을 둘러보았습니다. 우연한 만남과 커뮤니케이션을 유도한 1층의 중앙 공간과 달리 2층의 업무 공간은 프라이빗했습니다. 창작자별로 방이 따로 있거나 몇 명이 같이 모여 작업할 수 있을 정도로 공간을 구분해 두었습니다. 창작자가 몰입의 시간을 가질 수 있도록 배려한 것입니다. 실리콘 밸리의 IT 기업들이 사무실 구조를 개방형으로 만드는 것과 대조적이었습니다.

2층에서 중정형의 중앙 공간을 볼 수 있는 곳을 지나가다가 무심코 천장을 보았는데, 그대로 시선이 멈춰버렸습니다. 천장이 평평하지 않고 직각 삼각형을 여러 개 이어 놓은 형태

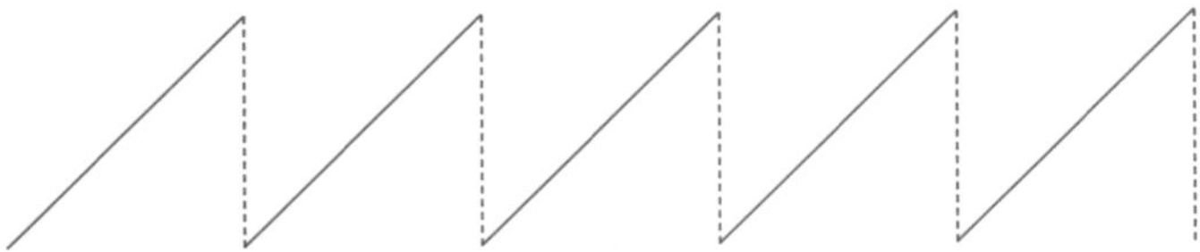

●●●
2층에서는 사진을 찍을 수 없어 개념도로 대체

로 디자인되어 있었기 때문입니다. 이유가 무엇일지 고민해 봤습니다. 추측해 보건대 직사광선을 피하려는 목적의 디자인인 듯했습니다.

아마 평평한 천장을 유리로 만들었다면 온실 효과를 감당하기 어려웠을 겁니다. 하지만 천장을 직각 삼각형 모양으로 디자인하고 빗변에 해당하는 면은 막힘형 소재로, 높이에 해당하는 면은 유리로 커버하니 상황이 달라집니다. 천장을 통해 하늘을 볼 수 있으면서도 온실 효과를 막을 수 있는 공간이 되었습니다. 하늘을 볼 수 있게 천장을 높이면서도, 업무 공간의 쾌적함까지 고려한 세심함에서 픽사의 조직적 창의력이 어떻게 가능한지를 어렴풋이 짐작할 수 있었습니다.

픽사의 창업자인 스티브 잡스가 세상을 떠나고 그를 기리기 위해 메인 빌딩의 이름을 스티브 잡스 빌딩으로 바꾸었다고 합니다. 이곳에서 그를 추억하는 창의력 대장들이 만들어낼 작품들이 기다려집니다.

# 28 너드가 존중받는 사회

#인텔 뮤지엄 #혁신의 기록 #너드 웨어

혁신을 거듭했던 기업도 스스로의 역사를 혁신적으로 보여주기는 어려운가 봅니다. 실리콘 밸리 여행 콘텐츠를 기획할 때 '인텔 뮤지엄'을 방문했었는데, 혁신의 기록은 있었지만 기록의 혁신은 없어 아쉬웠습니다. 그렇다고 시간이 아까웠던 것은 아닙니다. 그 공간을 둘러보는 동안 기대하지 않았던 자극과 영감을 충전할 수 있었기 때문입니다.

혁신의 기록 중에서 눈에 띄었던 것은 5G를 설명하는 코너였습니다. 5G가 더 빠르다는 것을 눈으로 확인할 수 있도록 구슬이 통과하는 속도로 표현해 놓았습니다. 반복해서 떨어지는 구슬을 시간 가는 줄 모르고 멍하니 바라보고 있는데, 중학생 쯤 되어 보이는 아들과 함께 온 중국인 엄마가 말을 걸어왔습니다. 5G 쪽이 코스가 더 긴데 구슬이 왜 더 빠르게 통과하냐는 질문이었습니다. 궁금해 하는 아들에게 자기는 답을 해줄 수가 없어서 물어본다는 말을 덧붙였습니다.

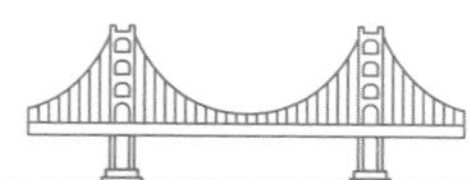

낯선 이방인에게 서툰 영어로 물어볼 만큼 용기를 낸 엄마의 마음을 모를 리 없지만, 저는 답을 해줄 수가 없었습니다. 저 역시도 이유를 몰랐으니까요. 5G 코스는 4G 코스와 달리 구슬이 두 갈래로 갈라져 떨어진다는 점은 알 수 있었는데, 두 갈래로 갈라진 각 구슬이 더 긴 코스를 어떻게 더 빨리 통과하는지는 이해할 수 없었습니다. 설명을 해줄 수 없어 미안하다는 대답에 중국인 모자는 자리를 옮겼지만, 저는 자리를 뜰 수 없었습니다. 나름의 답을 찾고 싶어서가 아니라 근본적인 질문을 놓쳤다는 생각이 들어서였습니다.

5G가 얼마나 더 빠른지를 살펴보는 것도 중요하지만, 그보다는 5G가 왜 더 빠른지에 대해 궁금해하는 과정이 필요했습니다. 이름 모를 중학생이 남기고 간 자극을 뒤로한 채 뮤지엄을 서둘러 나오려는데, 출구 쪽에 적혀 있는 인텔의 공동 창업자 '로버트 노이스Robert Noyce'의 말에 또 한 번 발길을 멈출 수밖에 없었습니다.

'Don't be encumbered by history. Go off and do something wonderful.'

'역사에 갇히지 말고 나가서 멋진 일을 하라.'는 문구는 역사를 가두어둔 뮤지엄에 적혀 있기에는 아이러니한 말처럼 보였지만, 곱씹어 생각해보면 역사를 기록해 둔 뮤지엄이 가져야 할 본질을 표현한 조언이었습니다. 과거의 성과를 바탕으로 미래를 개척해 나가야지, 과거의 영화에 묻어가는 조직엔 미래가 없기 때문입니다. 혁신을 주도했던 장본인이 던진 메시지이기에 더 설득력 있게 다가왔습니다.

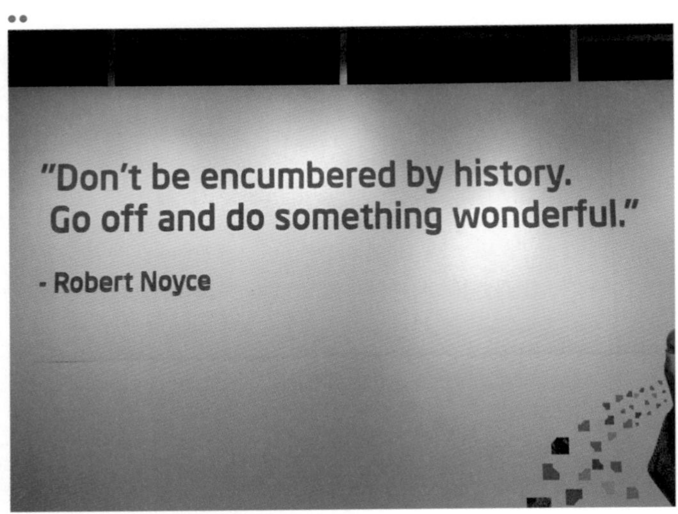
"Don't be encumbered by history.
Go off and do something wonderful."
- Robert Noyce

나가서 멋진 일을 하라는 문구를 따라 뮤지엄을 나서니 기념품 숍이 있었습니다. 인텔의 로고가 새겨진 제품들을 판매하는 공간이었습니다. 컵, 옷 등을 팔고 있어 특별할 것이 없었지만, 한쪽 벽면에 눈길을 사로잡는 코너가 있었습니다.

'Nerd wear'

누가 봐도 패션 감각이 없어 보이는 옷을 '너드를 위한 옷'이라는 컨셉으로 팔고 있었습니다. 감 떨어지는 옷을 그럴듯

하게 포장하는 기술이 눈에 들었던 것이 아니라 스스로를 너드라고 당당하게 드러낼 수 있는 문화가 마음에 들었습니다. 이처럼 패션Fashion 대신 열정Passion을 택한 사람들이 존중받을 수 있는 환경이 있기에 실리콘 밸리가 세상의 변화를 주도할 수 있는 거라는 생각도 들었습니다.

기록의 혁신을 찾기 어려워서 실리콘 밸리 여행 콘텐츠에 인텔 뮤지엄을 포함시키지는 못했습니다. 허탕을 친 셈이지만 그래도 뮤지엄을 나오는 발걸음은 가벼웠습니다. 필연적 진보로 도배된 곳에서 우연한 생각을 발견할 수 있었으니까요.

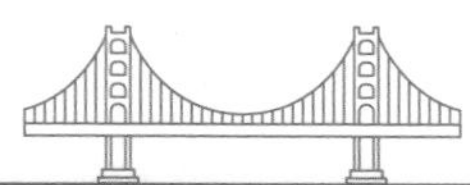

DENT
I want my time with You

# 29 경험의 가치를 높이는 상상력의 힘

#샌프란시스코 공항 #홍보물의 격
#여행의 가치를 높이는 방법

"런던에서 파리까지 가는 기차 여행을 어떻게 하면 더 나은 여정으로 만들 수 있을까요?"

약 25여 년 전에 여행의 가치를 높이기 위해 던진 이 질문에 엔지니어들이 해답을 내놓았습니다. 60억 파운드(약 9조원)를 들여서 런던에서 도버해협까지의 선로를 새로 지어 3시간 반 정도 걸리던 여행 시간을 40분 단축시키자는 것이었습니다. 이 답변에 대해 광고인인 '로리 서덜랜드(Rory Sutherland)'는 공학적으로는 맞는 이야기지만 여행 시간을 단축시키는 건 상상력이 부족한 접근이라고 말하면서 나름의 답을 펼쳐 보입니다.

"남녀를 불문하고 전세계의 탑모델을 고용해 기차 안을 걸

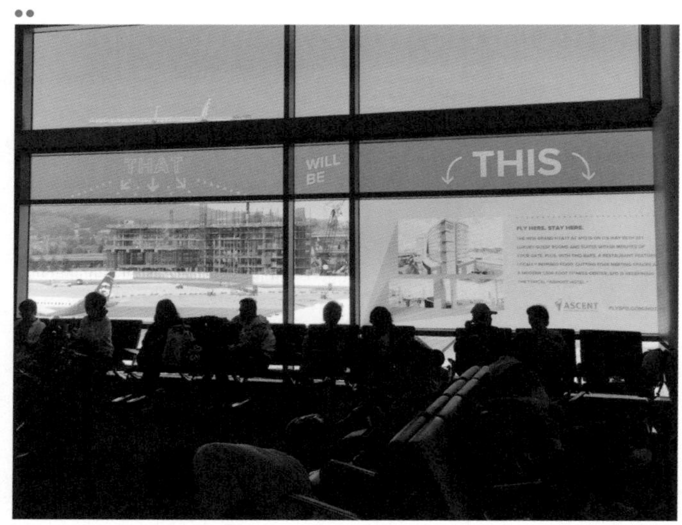


어다니면서 공짜로 비싼 샴페인을 여행 내내 따라주면 되지 않을까요?”

순진한 답이라는 전제를 깐 후에, 그가 제안한 방법입니다. 여행하는 시간을 줄이는 대신 여행하는 시간을 즐겁게 해도 여행의 가치가 올라갈 것이라는 설명입니다. 이런 방식이라면 예산의 절반인 30억 파운드[약 4.5조원]로도 충분하고, 오히려 승객들이 기차가 더 천천히 가기를 바랄지도 모른다는 농담도 덧붙입니다.

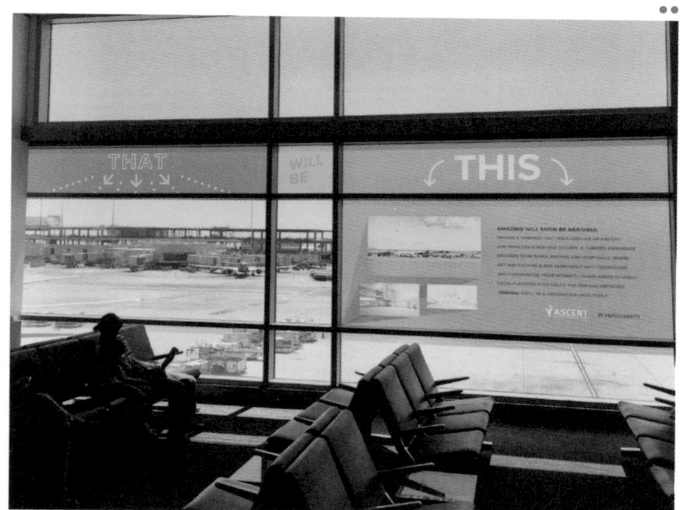

THAT
WILL
BE
THIS
AMAZING WILL SOON BE ARRIVING.
ASCENT


그가 TED 강연에서 보이지 않는 가치에 대한 중요성을 강조하면서 이야기했던 사례는 실제로 구현되진 않았지만, 그래도 그의 접근은 의미가 있습니다. 인지된 가치만 바꿀 수 있어도 고객 경험이 달라질 수 있음을 유머감각으로 풀어내 공감하게 했기 때문입니다.

10여 년 전에 TED에 올라온 강연이 떠올랐던 건, 샌프란시스코 공항에서 만난 홍보물 덕분입니다. 비행기를 타기 위해 탑승구를 지나쳐가는데, 어느 탑승구 근처의 창문에 'That will be This'라는 문구가 적혀 있었습니다. 'That' 아래에는

HIS
AMAZING WILL SOON BE ARRIVING.
IMAGINE A TERMINAL THAT FEELS LESS LIKE AN AIRPORT AND MORE LIKE A HIGH-END GALLERY. A CURATED EXPERIENCE DESIGNED TO BE WARM, INVITING AND HOSPITABLE. WHERE ART AND CULTURE BLEND SEAMLESSLY WITH TECHNOLOGY AND CONVENIENCE. FROM INTIMATE LOUNGE AREAS TO LIVELY, LOCAL-FLAVORED FOOD HALLS, THE NEW AND IMPROVED TERMINAL 1 WILL BE A DESTINATION UNTO ITSELF.

ASCENT
SFO BUILDING FOR THE FUTURE
FLYSFO.COM/T1

창밖의 공사 현장이 보였고, 'This' 아래에는 그 공사가 완료되었을 때의 모습이 이미지와 함께 설명되어 있었습니다. 이곳에 펼쳐질 풍경을 상상하게 함으로써 공사로 인해 발생하는 소음과 미관상의 불편함을 완화시키는 것입니다.

탑승 대기를 하는 승객들이 겪는 문제를 해결하기 위해

서 기술력, 자본력 등을 동원해 공사 기간을 단축시키는 것도 방법이겠지만, 로리 서덜랜드의 상상처럼 승객들이 인지하는 가치만 긍정적으로 바꿀 수 있어도 문제를 효율적으로 해결할 수 있습니다. 게다가 'This' 아래의 설명은 샌프란시스코 공항 주변에 들어설 시설에 대한 홍보 역할도 톡톡히 합니다. 샌프란시스코 공항을 자주 이용하는 사람들에게는 도움이 될 정보입니다.

'놀라운 풍경이 곧 도착할 것입니다. Amazing will soon be arriving.'라는 제목이 적힌 홍보물 자체가 이미 놀라운 풍경이었습니다. 로리 서덜랜드가 제안하듯이 문제 해결을 할 때 꼭 대단한 기술이나 거창한 시도가 필요한 것은 아닙니다. 기술력, 자본력만큼이나 상상력은 힘이 셉니다.

# LOS ANGELES

로스앤젤레스

HOLLYWOOD

# 30 앞도 볼 수 있는 백미러

#우버 #택시의 추억 #일상의 혁신

10여 년 전 독일 뮌헨에 간 적이 있습니다. 당시 다니던 회사의 글로벌 교육 프로그램에 참가하기 위해서입니다. 회사의 장거리 출장 지원 정책에 따라 비즈니스 클래스를 이용할 수 있었고, 현지에 도착해서도 교통비 지원 정책에 따라 교육장까지 택시를 타고 이동할 수 있었습니다. 그 후로는 누려보지 못한 호사였습니다. 택시를 타러 택시 정류장 쪽으로 갔더니 흥미로운 풍경이 펼쳐져 있었습니다. 검은색의 벤츠 택시 수십 대가 줄지어 손님을 기다리고 있었습니다. 모범택시 같은 고급 택시가 아니라 그냥 일반 택시였습니다. 벤츠의 나라 독일에 온 것을 실감하며 택시를 탔습니다.

외국에서 택시를 탈 때면 바가지를 쓰지 않도록 정신을 바짝 차리는 편이라, 이번에도 미터기를 잘 누르고 출발하는지 미터기 숫자가 이상하게 올라가지는 않는지 등을 확인하기 위해 미터기를 찾았습니다. 그런데 택시 미터기가 있을 법한 자리를 아무리 둘러봐도 미터기가 보이지 않았습니다.

택시는 이미 출발을 해서 공항을 벗어나고 있었고, 그제서야 택시 미터기가 어디 있냐고 묻자니 뜬금없을 거 같았습니다. 그럼에도 불구하고 택시 요금에 대해 기사님과 이야기를 해보면 좋겠다는 생각으로 백미러Rear mirror를 통해 기사님을 봤다가 깜짝 놀랐습니다. 백미러의 한쪽 끝부분에서 택시 요금이 정상적으로 올라가고 있었습니다. 안도의 마음이 들면서도 한편으로는 감탄이 나왔습니다. 백미러의 한쪽 부분을 미터기로 활용하니 택시 내부 공간이 일반 차량과 다르지 않게 깔끔했습니다.

백미러를 보고 감탄을 했던 10여 년 전의 기억이 불현듯 떠오른 건 로스앤젤레스에서 '우버Uber'를 이용해 누군가의 차량에 탑승했을 때였습니다. 택시가 아니라 우버였기 때문에 바가지를 쓸 걱정도, 미터기를 확인할 필요도 없었습니다. 뒷좌석에 편히 앉아 습관적으로 차 안을 둘러봤는데 백미러가 무언가 달라 보였습니다. 어떤 점이 다른지를 파악하기 위해 유심이 들여다보니 백미러가 거울이 아니라 액정화면이었습니다. 백미러 위에 붙어 있는 액정화면에는 후방 카메라에 잡힌 풍경이 보였습니다.

호기심이 발동해 백미러에 대해 기사님에게 물어봤습니

다. 얼리 어답터의 성향을 가진 기사님은 기다렸다는 듯이 친절하면서도 신나는 표정으로 답해주었습니다. 모드를 전환하면 후방뿐만 아니라 전방도 볼 수 있고, 전후방 카메라를 통해 촬영한 내용이 녹화되기 때문에 블랙박스 기능도 한다는 설명이었습니다. 백미러에 액정화면을 덧씌우는 장점은 분명했습니다. 후방의 풍경이 훨씬 더 광범위하면서도 선명하게 보였고, 블랙박스를 따로 설치하지 않아도 되니 전면부 유리창 주변의 공간이 더 쾌적해졌습니다.

뮌헨에서 본 택시의 백미러와 로스앤젤레스에서 본 우버 차량의 백미러 사이에는 10여 년의 시간차가 있었지만, 차량 내부 공간을 효율적이고 쾌적하게 활용하기 위해 고민한 흔적이 공통적으로 담겨 있었습니다. 이처럼 일상 속 풍경을 개선해나가려는 시도가 작지만 큰 혁신을 만드는 것이 아닐까요.

!

# 31 광고판에도 크리에이티브가 필요한 시대

#스테이플스 센터 #출장의 이유 #보이는 광고판

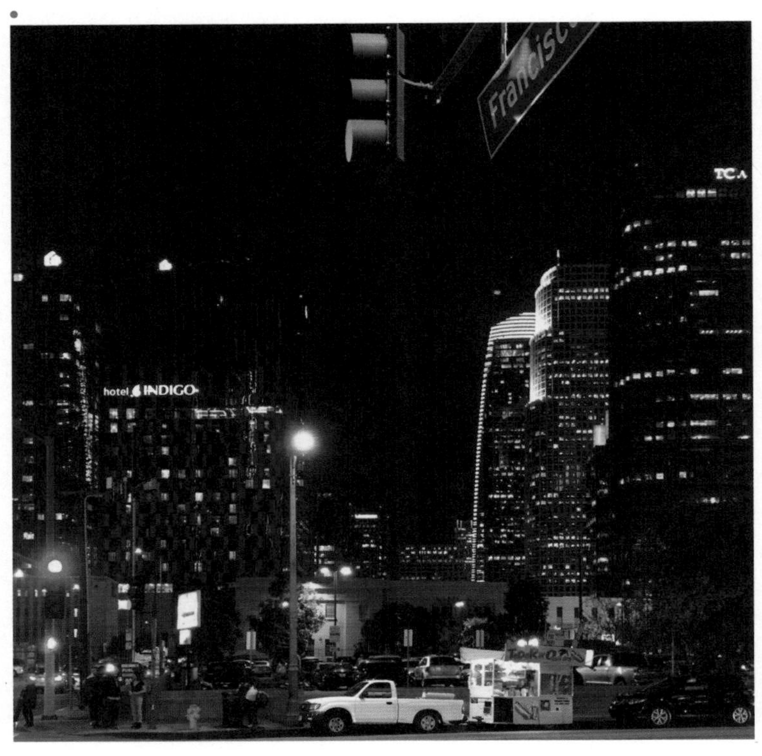

트래블코드에서 해외로 출장을 가는 경우는 3가지 중 하나입니다. 콘텐츠를 취재하거나, 여행 프로그램을 운영하거나, 사업을 추진하는 등의 일로 비행기를 탑니다. 3가지 유형의 출장 모두 나름의 즐거움이 있습니다. 콘텐츠 취재를 위한 출장에서는 새로운 영감을 얻을 수 있고, 여행 프로그램을 위한 출장에서는 새로운 사람을 만날 수 있으며, 사업 추진을 위한 출장에는 새로운 도전을 하는 기쁨이 있습니다.

트래블코드의 미국 법인을 설립할 때를 제외하고, 지금까지의 출장은 콘텐츠 취재와 여행 프로그램 운영이 대부분이었습니다. 그런데 이번에는 《퇴사준비생의 도쿄》, 《퇴사준비생의 런던》, 《뭘 할지는 모르지만 아무거나 하긴 싫어》 등 트래블코드가 기획하고 제작하는 콘텐츠를 글로벌 무대에 선보일 방법을 찾고 싶어서, 오랜만에 로스앤젤레스로 사업 추진을 위한 출장을 갔습니다. 미국 시장 조사에 집중하기 위해 의

도적으로 콘텐츠 취재는 하지 않기로 마음 먹었습니다. 그럼에도 불구하고 직업병이 도지는 걸 막을 수는 없었습니다. 로스앤젤레스 곳곳에 숨어있는 비즈니스 인사이트를 발견할 때마다 발걸음이 멈춰졌습니다.

스포츠 경기장 중심의 복합문화공간으로 구성된 '스테이플스 센터'가 대표적인 곳입니다. 이곳에 아무 기대 없이 저녁 먹으러 갔다가 광고를 보느라 예정에 없던 시간을 보냈습니다. 사람들이 모이는 스테이플스 센터 주변에는 글로벌 기업들이 경쟁하듯 광고를 하고 있었고, 광고가 넘치는 만큼 사람들의 눈에 잘 띌 수 있도록 다양한 방법으로 노출하고 있었습니다.

### 1. 코너를 이용한다

스테이플스 센터에 방문한 날, 마침 공연이 있어서 주변을 통제하고 있었습니다. 그래서 스테이플스 센터의 중심부가 아니라 초입에서 내려 걸어갔습니다. 조금 걸어 내려가자 스테이플스 센터 쪽 건물에 플래카드처럼 붙어 있는 광고가 눈에 들어왔습니다. 넷플릭스에서 4월 5일에 'Our planet'이라는 콘텐츠를 런칭한다는 정보 전달성 플래카드인 줄 알았는데, 좀 더 걸어가니 광고가 달리 보였습니다.

플래카드가 아니라 광고판이었습니다. 광고판을 건물에 평면으로 붙이는 대신 삼각형 모양으로 입체감을 주어 설치한 것이었습니다. 입체감을 주자 건물의 모든 방향에서 광고가

선명하게 보였습니다. 왼쪽에서는 텍스트로 전달하는 메시지가 보였고, 오른쪽에서는 이미지 중심의 포스터가 보였으며, 중앙에서는 텍스트와 이미지가 모두 보였습니다. 특히 스테이플스 센터 중심부로 들어가는 동선이 굽어져 있어 삼각형 모양으로 입체감을 준 광고판의 효과는 더 컸습니다. 아마 보통의 광고판처럼 건물에 평면으로 설치했다면 왼쪽과 오른쪽 방향에서 오는 사람들에게는 광고가 잘 안보였을 것입니다. 보는 사람 관점에서 광고판을 설치했기에 가능한 일입니다.

이미지 중심의 광고판뿐만 아니라 동영상 광고를 할 수 있는 전광판에도 엣지가 있었습니다. 스테이플스 센터 주변의 호텔 벽면에 설치한 동영상 광고판은 건물의 정면뿐만 아니라 측면까지도 활용했습니다. 측면의 광고 면적은 플래카드 정도의 크기였지만, 코너를 넘나들자 정면뿐만 아니라 측면에서도 광고를 전달할 수 있어 더 많은 사람들이 볼 수 있었습니다. 엣지를 살짝만 살렸을 뿐인데, 광고 효과가 2배로 살아납니다.

### 2. 의미를 부여한다

스테이플스 센터 중심부에는 광장 같은 공간이 있었습니다. 광장을 둘러싼 LED 광고판에 글로벌 기업들의 광고가 현란하

게 돌아가고 있었는데, 광장의 중앙에 알록달록한 색의 설치물이 하나 세워져 있었습니다. 위치 선정과 컬러감으로 시선을 사로잡은 설치물의 하단에는 '앱솔루트ABSOLUT' 보드카 브랜드가 적혀 있었고, 그 위의 중앙 부분에는 앱솔루트 보드카 이미지와 함께 'Planet earth's favorite vodka'라는 메시지가 카멜레온처럼 보일 듯 말 듯 자리 잡고 있었습니다.

WHEN WE MAKE ABSOLUT, IN OUR LITTLE LAND IN THE NORTH CALLED SWEDEN, WE RECYCLE EVERYTHING WE CAN. IN AMERICA, 65% OF THE WASTE PRODUCED WILL END UP IN LANDFILLS. THIS INSPIRED US TO COLLECT 1.03 TONNES OF TRASH FROM LA AND TURN IT INTO ART WITH DAN TOBIN SMITH. IT MAY SEEM LIKE A DROP IN THE OCEAN, BUT WE HOPE IT'S AN INSPIRING START FOR US ALL TO LIMIT OUR WASTE BECAUSE WE BELIEVE THAT THROUGH SMALL ACTIONS, WE CAN HAVE A BIG IMPACT.
START BY RECYCLING YOUR OWN WASTE HERE & SAVE IT FROM LANDFILL
FIND OUT MORE AT ABSOLUT.COM/PLANETEARTH
ABSOLUT.
#ABSOLUTPLANET
@absolutvodka_us

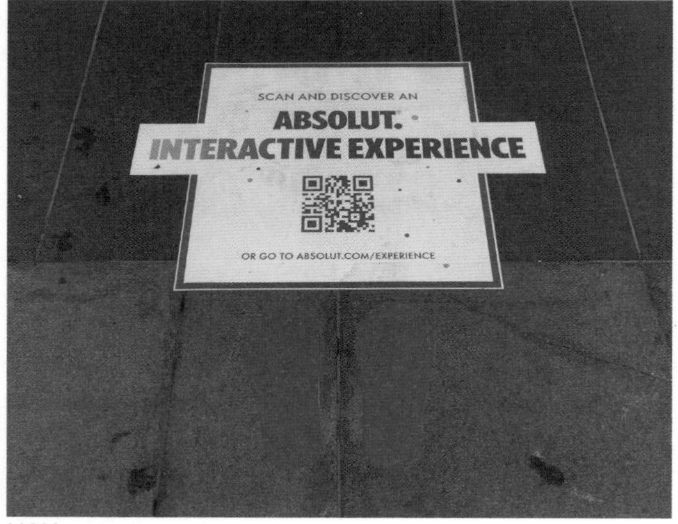
SCAN AND DISCOVER AN
ABSOLUT.
INTERACTIVE EXPERIENCE
OR GO TO ABSOLUT.COM/EXPERIENCE

설치물은 예술적으로 표현되어 있는 데다가 정사각형 모양으로 되어 있어 인스타그램에 올리기 적합한 오브제였습니다. 게다가 친절하게도 사진을 찍을 때 스마트폰 화면에 설치물이 적당하게 들어올 수 있는 위치를 바닥에 표시해 두었습니다. 모든 게 인스타그램에 최적화된 광고 이벤트였습니다. 실제로 사람들은 광장의 한복판에 세워진 광고판을 배경으로 삼삼오오 사진을 찍고 있었습니다. 여기까지만 해도 주목을 받기 충분했지만, 앱솔루트 보드카는 광고 이벤트에 의미를 심어 광고의 격을 높였습니다.

발자국 모양으로 표시해둔 포토 스팟에 서면, 'Scan and discover an ABSOLUT interactive experience'라는 메시지가 보입니다. 사진을 찍으려고 스마트폰 카메라를 설치물에 갖다 대니 오브제가 스캔되면서 광고 이벤트를 설명하는 사이트 링크가 화면 위에 떴습니다. 광고 이벤트에 관심 갖는 사람들을 더 끌어들일 수 있는 장치를 마련한 것입니다. 호기심을 가지고 링크를 클릭하면 광고 이벤트의 의미에 대한 설명과 지역 커뮤니티를 도울 수 있는 방법, 그리고 근처에서 앱솔루트 보드카를 즐길 수 있는 곳에 대한 소개를 확인할 수 있습니다.

온라인과 연계하여 광고 이벤트를 구성하긴 했지만, 사

진 찍기에 급급하지 스마트폰 화면에 뜨는 링크를 클릭해 광고 이벤트를 더 깊게 알아보려는 사람은 많지 않을 것입니다. 그래서 사진을 찍은 후 몰에 들어갔다가 나오는 사람들이 볼 수 있도록 설치물 뒤편에도 광고 이벤트의 기획의도를 설명하고 있었습니다. 미국에서 쓰레기의 65%가 매립되는 상황에 문제의식을 가지고 재활용을 장려하고자, 아티스트 '댄 토빈 스미스Dan Tobin Smith'와 함께 로스앤젤레스에서 버려진 1.03톤의 쓰레기로 예술 작품을 만들었다는 설명입니다. 그리고 그 옆에 사람들이 바로 행동으로 옮길 수 있도록 재활용 쓰레기통을 비치해두었습니다.

'바다에 물방울 떨어뜨리기처럼 보일 수 있지만, 우리는 이 캠페인이 쓰레기를 줄이는 자극제가 되길 바랍니다.'라는 메시지에서 볼 수 있듯이 광고 이벤트의 한계를 직시하면서도, 의미를 담아 희망을 전하려는 시도에 앱솔루트 보드카의 브랜드 이미지가 고급스럽게 숙성됩니다.

### 3. 과정을 드러낸다

앱솔루트 보드카 광고판 앞에서 정신을 빼앗겼다가, 스테이플스 센터에 온 목적이 떠올랐습니다. 그래서 저녁 식사 할 곳을 찾기 위해 스테이플스 센터 주변을 한 바퀴 둘러봤습니다. 중

앙의 광장을 지나 대로변으로 나가자 식당 말고 또 다른 광고가 눈에 들어옵니다. 스테이플스 센터 건너편 쪽의 건물 벽면에 애플이 광고를 하고 있었습니다.

애플 광고야 여기저기서 볼 수 있을 만큼 흔해서 특별할 게 없었지만, 광고의 위치와 방식이 특이했습니다. 건물 벽면에 광고판이나 LED 전광판을 걸어두는 게 아니라 건물 벽면

자체가 광고판이었습니다. 건물 벽면에 직접 그린, 아날로그적인 벽화가 광고의 역할을 하는 셈입니다. 스트리트 아트가 있어야 할 법한 곳에 아트 대신 광고가 자리잡으니 어색한 듯 어울리는 도시의 풍경이 펼쳐졌습니다.

예술적이면서도 자연스럽게 광고를 노출하는 방법이지만 광고판이나 전광판을 활용한 광고 대비 비효율적인 방식인 건 분명합니다. 그림을 완성하는 데 시간이 걸리고, 그림이 완성되면 광고를 바꾸기도 쉽지 않기 때문입니다. 그림을 그리는 아티스트에게 작업비를 지불해야 하는 것은 물론입니다. 그럼에도 불구하고 건물에 벽화를 그려 광고를 하는 이유는 무엇일까요?

광고를 만드는 과정에 주목할 필요가 있습니다. 광고판이나 전광판에 이미지를 갈아 끼는 것과 달리 벽면에 그림을 완성하기까지 시간이 걸리는데, 이 기간 동안 아티스트들이 건물 벽을 캔버스 삼아 거대한 벽화를 그리는 모습이 사람들의 시선을 사로잡습니다. 스테이플스 센터 건너편에서 발견한 애플 광고도 마찬가지입니다. 3개의 영역 중에 하나만 그림이 완성되어 있고, 나머지는 그리는 과정에 있습니다. 퇴근 시간 이후라 아티스트가 그림을 그리는 모습을 직접 볼 수는 없었지만, 아티스트가 거대한 벽면에 매달려 그림을 그리고 있었다면 사람들의 눈길을 붙들었을 것입니다.

완성된 광고는 거리의 예술로 승화되어 일상 속에 자연스럽게 녹아들고 작업 중인 광고는 거리의 볼거리가 되어 사람들의 시선을 사로잡으니, 광고의 역할을 톡톡히 한다고 볼 수 있습니다.

아무 기대 없이 저녁을 먹으러 간 곳에서 뜻밖의 시간을 보낸 덕분에 저녁 식사의 포만감이 더 커졌습니다. 스테이플스 센터를 한참 돌다가 결국, 별다른 고민 없이 햄버거 라지 세트를 먹어서 그런 걸지도 모르지만요.

HOLLYWOOD

!

# 32 가격 할인의 정석

#랄프스 #근거 있는 저렴함 #물 사기까지 걸린 시간

상상하지도 못한 일이 벌어졌습니다. 물을 파는 곳을 찾기 위해 구글맵을 켜야 했던 것입니다. 물을 사기가 이렇게 어려운 일인지 처음 알았습니다. 사연은 이랬습니다.

스테이플스 센터에서 저녁을 먹고 호텔로 돌아가기 전에 물을 사려고 주변을 돌았습니다. 스테이플스 센터가 다운타운에 있으니 당연히 물을 살 수 있는 편의점이나 마트가 곳곳에 있을 줄 알았습니다. 조금만 걷다 보면 편의점이나 마트가 보이겠거니 했는데, 웬일인지 눈을 부릅뜨고 한참을 돌아다녀도 찾을 수 없었습니다. 호텔로 복귀해서 사는 것도 방법이었지만, 호텔 근처에서도 물을 사려면 꽤 걸어야 했습니다. 그렇다고 호텔에서 사기도 애매했습니다. 물값이 아깝기도 했고, 물뿐만 아니라 과일이나 간식거리도 필요했기 때문입니다. 하는 수 없이 구글맵의 도움을 받기로 했습니다.

구글맵을 켜니, 한참 동안 헤맨 이유를 알 수 있었습니다.

무작정 발걸음을 옮겼던 구역에는 실제로 편의점이나 마트가 없었습니다. 그 방향으로 더 갔다면 물 사러 가다가 탈진했을 수도 있을 만큼 찾아보기 어려웠습니다. 지도를 보니 방향을 틀어야 했을 뿐만 아니라, 5분을 더 걸어야 가장 가까운 마트에 도착할 수 있었습니다. 10분을 더 걸으면 유기농 마켓인 홀푸즈Whole foods가 있었지만, 스테이플스 센터 주변에서 이미 10분 이상 맴돈 상황이라 5분의 거리도 길어 보였습니다. 홀푸즈까지 걷는 건 무리라고 판단해 새로운 곳에 구경도 갈 겸 가장 가까이에 있는 마트인 '랄프스Ralphs'로 갔습니다. 그런데 입구에서 범상치 않은 포스를 감지합니다.

'Fresh fare'

랄프스가 내 건 슬로건입니다. 신선한 제품이 아니라 신선한 가격을 전면에 내세웁니다. 가격 경쟁력으로 존재감을 찾겠다는 뜻입니다. 가격이 쌀 거라는 예상을 하고 매장을 들어서니, 예상치 못한 풍경이 펼쳐집니다. 곳곳에 가격을 할인하는 이유가 붙어 있었습니다. 최저가 보장으로 고객들을 안심시키기 보다, 이유가 있어서 싸다는 내용을 강조하는 것입니다. 물을 사러 갔는데, 할인의 기술이 눈에 보이니 물 사려는 목적이 뒷전으로 밀려 버렸습니다. 지금부터 마트를 둘러보며 랄프스의 근거 있는 저렴함을 알아보겠습니다.

### 1. 매장 밖에서 할인한다

랄프스 매장 여기저기서 볼 수 있는 팝업 사이니지가 있습니다. 주유할 때 갤런 당 최대 1달러까지 할인해 준다는 내용입니다. 물론 마트 내에 주유소가 있는 것은 아닙니다. 대표적인 정유사인 '쉘Shell'과 제휴해 마트에서 적립한 포인트로 셸 주유소에서 할인받을 수 있게 만든 프로모션입니다.

방식은 간단합니다. 기본적으로 마트에서 제품을 구매하면 1달러 당 1연료 포인트를 적립해 줍니다. 포인트가 누적되어 100연료 포인트 이상이 모이면, 그때부터 100연료 포인트씩을 차감하여 갤런 당 10센트 씩을 할인받을 수 있습니다. 예를 들면, 100연료 포인트를 사용할 경우 갤런 당 10센트를, 200연료 포인트를 쓰면 갤런 당 20센트를, 1,000연료 포인트를 차감할 때는 갤런 당 1달러를 아낄 수 있는 식입니다. 갤런 당 최대 1달러까지 할인해 준다고 했으니 1,000연료 포인트가 주유 할인폭의 최대치입니다.

할인폭이 적립 포인트에 비례해서 커지니 명목상 적립률은 동일하다고 볼 수 있습니다. 하지만 주유하는 양이 늘어나

면 실질적 적립률이 커집니다. 예를 들어, 주유할 때 10갤런을 채운다고 가정하고 할인을 위해 100연료 포인트를 쓸 경우에는 주유비를 1달러만큼 아낄 수 있습니다. 100연료 포인트가 있다는 건 마트에서 100달러어치를 구매했다는 뜻이고, 이에 대해 1달러의 주유비를 절약할 수 있으므로 1%를 적립한 셈입니다. 이때 10갤런이 아니라 20갤런을 주유하면 2달러를 절감할 수 있어 적립률이 2%로 높아집니다. 한 번의 주유에 최대 35갤런까지 할인받을 수 있으니 혜택을 꽉 채워 이용하면 3.5달러까지 절약할 수 있고, 이는 구매 금액의 3.5%에 해당하는 적립률입니다.

이처럼 고객의 혜택이 커지면 쉘은 손해를 보는 걸까요? 그렇지 않습니다. 주유소 입장에서는 갤런당 할인폭이 일정해 할인율이 동일하기 때문입니다. 고객이 한 번에 주유를 많이 하면 할인 금액은 커지지만, 그만큼 비례해서 매출이 늘어나니 주유소 입장에서도 남는 장사입니다. 랄프스 입장에서도 손해가 아닌 건 마찬가지입니다. 쉘과 마케팅 제휴를 한 거라 포인트 차감에 따른 할인 금액을 액면 그대로 보전해 주진 않을 테니까요.

고객은 적립률이 높아지고, 쉘은 고객 방문을 유도할 수 있으며, 랄프스는 적립 혜택을 통해 매출을 늘릴 수 있으니, 모두가 만족스러운 할인 방식입니다. 포인트 사용을 마트 내로 한정하지 않고, 제휴 업체로 확장했기에 가능한 일입니다.

### 2. 광고 매대라서 할인한다

특정 브랜드 제품을 별도의 매대에서 판매하거나 눈에 띄게 진열하면 주목도가 높아져 판매량이 늘어납니다. 그래서 유통

업체 입장에서는 공급 업체에 목 좋은 매대를 내주면서 광고비를 받는 비즈니스 모델을 활용할 수 있습니다. 국내 서점 등에서 광고 매대임을 밝히고 책을 별도의 매대에 진열하는 방식이 대표적인 사례입니다.

랄프스에서도 광고 매대임을 공식적으로 알리는 푯말을 볼 수가 있습니다. 물론 소비자들에게 광고 매대라는 것을 알려야 할 의무가 있어 표시를 해 둔 이유도 있겠지만, 흥미로운 점은 광고 매대이기 때문에 더 싸게 판다는 것입니다. 광고비를 받았으니, 그만큼 제품 가격을 할인해서 고객에게 돌려주겠다는 뜻입니다.

랄프스 입장에서는 공급 업체에서 받는 광고비가 추가 수익일 텐데, 이를 챙기지 않고 가격 할인에 활용하는 이유는 무엇일까요? 가격 경쟁력을 확보해 고객 만족을 높인다는 목적이 크겠지만, 가격 할인을 하면 고객뿐 아니라 공급 업체, 그리고 랄프스 모두가 누릴 수 있는 혜택의 총합이 커질 여지가 생기기 때문입니다.

광고 매대를 별도로 구성할 경우 주목도가 높아져 판매가 늘어나는데, 여기에 가격 할인까지 더하면 추가적인 매출을 기대할 수 있습니다. 특히 가격 탄력성이 높은 제품일 경우 효과가 더 큽니다. 고객은 제품을 싸게 살 수 있고, 공급 업체는 광고 효과를 볼 수 있으며, 랄프스는 매출을 높일 수 있으니 모든 이해관계자들이 윈윈Win-Win할 수 있는 할인 방식입니다.

### 3. 행동하는 고객에게 할인한다

랄프스 매장을 둘러보다 보면 특정 매대 앞에 쿠폰 발급기가 설치되어 있는 것을 볼 수 있습니다. 센서에 손을 갖다 대면 1달러 할인 쿠폰을 발급받을 수 있습니다. 쿠폰에 적혀 있는 '유니레버Unilever' 제품이 할인 대상입니다. 아마도 유니레버가 할인을 지원하는 프로모션인 듯합니다.

그냥 팝업 사이니지로 1달러 할인을 표시해두어도 될 텐데 굳이 쿠폰 발급기를 설치한 목적은 무엇일까요? 발급기가 매대에서 툭 튀어나와 있어 제품의 주목도를 높이는 효과와 고객의 행동을 유도하는 장점도 있지만, 무엇보다도 가격 차등화를 통해 고객 만족과 판매 수익을 동시에 챙기려는 의도가 담겨 있습니다.

팝업 사이니지를 걸어 제품 자체에 대해 1달러를 할인해 준다면, 가격 할인과 관계 없이 구매할 의사를 가진 고객까지도 할인해 주게 됩니다. 판매자 입장에서는 할인 금액만큼 수

익이 줄어듭니다. 반면 쿠폰 발급기를 설치해 쿠폰을 발급받은 고객들만 할인해 줄 경우, 가격에 민감한 고객에게는 할인 혜택을 제공해 구매 전환율과 만족도를 높일 수 있고, 동시에 가격에 덜 민감해 쿠폰 발급기를 그냥 지나치는 고객들에게는 정가를 받을 수 있어 마진을 줄이지 않아도 됩니다.

그뿐 아닙니다. 현장에서 출력하는 쿠폰 외에 디지털 쿠폰도 활용합니다. 랄프스는 매주 금요일마다 'Free Friday Download'라는 프로모션 이벤트를 진행하는데, 이때 랄프스 온라인 사이트에 접속하면 랄프스에서 무료로 제공하는 제품의 디지털 쿠폰을 다운로드 받을 수 있습니다. 2.5달러에 판매되는 에너지바를 공짜로 나눠주는 식입니다. 현물로 할인을 해주는 셈이므로 가격 혜택에 민감한 고객의 매장 방문을 유도할 수도 있고, 고객 만족도도 높일 수 있습니다.

이처럼 모든 고객이 아니라 행동하는 고객에게만 할인을 해주는 건 랄프스 입장에서도 이득입니다. 가격 차등화를 통해 고객을 구분함으로써 매출과 이익을 동시에 올릴 수 있으니까요.

#### 4. 못 파느니 할인한다

공장에서 만드는 제품들과 달리 농장에서 재배하는 과일이나

Produce Reduced for Additional Value
Fresh
Manager's Special
Priced as
Marked
99¢
Slightly Blemished, Undersized,
or Misshapen
Fresh
Manager's Special
Priced as
Marked

Fresh food. Low prices.
REDUCED FOR
QUICK SALE
SELECTED
WINE/SPIRITS
naturally
VIN
VAULT

채소는 모양이나 크기가 균일하지 않습니다. 같은 농장에서 동일한 시기에 생산했다 하더라도 생김새가 다를 수 있습니다. 그래서 보통은 먹음직스러운 과일이나 채소가 우선적으로 팔리고 흠집이 났거나, 사이즈가 작거나, 모양이 특이한 과일과 채소는 버려지기 마련입니다. 그렇다고 이러한 과일과 채소에 문제가 있는 것은 아닙니다. 생김새가 못났을 뿐 신선함, 영양가, 맛 등은 크게 다르지 않습니다. 랄프스에서는 생김새 때문에 안 팔릴 가능성이 높은 제품을 할인해서 판매합니다. 매장 입장에서는 못 파는 것보다 할인해서라도 파는 게 낫습니다.

어떻게 생겼는지 만큼이나 언제 생겼는지도 할인의 이유가 됩니다. 랄프스 매장의 와인 매대에서는 '빠른 판매를 위한 할인Reduced for quick sale'이라는 푯말을 발견할 수 있습니다. 와인은 기본적으로 유통기한이 없고 숙성될수록 가치가 높아지는데 빨리 판매하려는 이유는 무엇일까요? 와인 레이블에서 빈티지를 찾을 수 없거나 NVNon-vintage로 표기된 와인은 오래될수록 맛이 떨어지기 때문입니다. 일반적으로 와인에는 포도가 생산된 해를 적어두는데 관련한 표기가 없다면 여러 포도를 섞어 만든 와인이라 빨리 마시는 것이 좋습니다. 그래서 할인을 해서라도 빨리 소비될 수 있게 하는 것입니다.

## 5. 어울리는 조합으로 할인한다

랄프스에서도 전통적인 방식의 가격 할인을 합니다. 개당 1.49달러인 우유를 10개 구매할 경우 약 33% 할인해 10달러에 판매하거나, 스타벅스 커피 패키지를 맛을 달리하여 2 팩 고르면 17.5% 할인해 주는 식입니다. 묶음으로 할인해서 판매하는 방식은 어디서나 볼 수 있지만, 랄프스에서는 이를 고도화한 방식도 시도하고 있었습니다.

750ml짜리 와인을 6병 사고 식료품 코너에서 35달러어치를 구매하면 12달러를 할인해 주는 프로모션이 대표적입니

다. 대량 구매에 대한 할인이라는 점에서는 묶음 판매와 비슷하지만, 동일 제품군이 아니라 카테고리가 다른 제품군을 연결해 할인한다는 점에서 차이가 납니다. 특히 고객의 구매 목적을 고려했기에 더 주목할 만합니다. 고객이 와인을 6병 구매한다는 것은 혼자 시간을 두고 마시거나, 여럿이 파티를 하며 마시는 경우 중 하나일 가능성이 높습니다. 전자의 경우야 식료품 코너에서 35달러어치의 안주를 구매할 필요가 없지만, 후자는 다릅니다. 파티 참여자 수를 고려해 안주를 장만하다 보면 35달러를 훌쩍 넘길 수 있어 가격 할인의 효과를 볼 수 있습니다.

### 6. 자주 오도록 할인한다

랄프스에서 판매하는 꽤 많은 제품에 이원화된 가격표가 붙어 있습니다. 한눈에 크게 들어오는 가격이 할인된 가격이고, 그 옆에 조그마한 크기로 적혀 있는 금액이 정상가입니다. 할인 폭을 체감할 수 있을 정도로 가격 차이가 있지만, 랄프스의 리워드 카드가 있어야 할인가를 적용받을 수 있습니다. 이처럼 조건부의 가격 할인이라면 정상가를 크게 적어두고 할인가를 작게 표시해야 고객에게 혼선을 주지 않을 텐데 반대로 한 이유가 있을까요?

리워드 카드를 조건 없이 발급받을 수 있기 때문입니다. 가격 할인을 받으려면 리워드 카드가 있어야 한다는 조건이 붙지만, 누구나 연회비 등의 비용 없이 리워드 카드를 발급받을 수 있어서 사실상 모든 고객이 할인된 가격에 구매할 수 있습니다. 눈속임을 하려고 할인된 가격을 전면에 내세우는 게 아니라, 고객들이 리워드 카드의 혜택을 실감할 수 있도록 할인가를 크게 붙여 놓은 것입니다.

고객을 호도하려는 게 아니라는 건 영수증에서 한 번 더 확인할 수 있습니다. 리워드 카드를 발급하지 않고 정상가로 계산하면, 리워드 카드를 발급받았을 때 할인받을 수 있는 금액을 영수증에 보여주고 추후에라도 혜택을 받을 수 있도록 해당 금액만큼의 쿠폰을 지급합니다. 직접 할인을 해주는 것이기 때문에 구매 금액의 일정 비율을 적립해 주는 것과 비교했을 때 차원이 다른 혜택입니다.

고객 입장에서야 환영할 만한 일이지만 랄프스 입장에서는 손해 보는 장사 아닐까요? 단 건의 거래에서는 마진이 줄어들겠지만, 장기적인 관점으로 봤을 때는 남는 장사입니다. 랄프스 카드를 발급받아 혜택의 달콤함을 맛본 고객들은 향후에도 랄프스를 방문할 가능성이 높아지기 때문에, 고객 생애 가치Customer lifetime value로 보면 랄프스에게도 이득입니다. 리워드 카드를 발급받지 않은 고객들에게까지 영수증에다가 굳이 쿠폰을 발급해 주는 것도 마찬가지입니다. 영수증에 쿠폰을 남겨 두니 고객들에게 매장을 다시 찾을 이유가 생깁니다.

물을 사러 갔을 뿐인데, 할인의 이유를 디코딩하다가 랄프스 매장에서 한 시간 반이나 있었습니다. 5분을 더 걷기가 힘들어 홀푸즈 매장에 가는 것은 다음 기회로 미뤘지만, 설득력 있는 할인의 기술을 배울 수 있는 기회는 놓칠 수 없었습니다. 예정에 없던 체력 소모로 평소보다 더 많은 물을 산 건 물론이고요.

!

# 33 눈높이를 맞추는 배려의 클래스

#소리의 정체 #사회적 약자 #동등한 대우

로스앤젤레스에서 탔던 엘리베이터에는 특이한 점이 있었습니다. 모든 엘리베이터는 아니었지만, 여러 건물의 엘리베이터에서 층간 이동을 할 때 '띡'하는 소리를 들을 수 있었습니다. 층이 높아질 때도, 반대로 낮아질 때도 층을 지날 때마다 의도적으로 발신하는 소리를 들을 수 있었습니다. 한 대의 엘리베이터에서 난 소리라면 그냥 지나쳤을 테지만, 여러 엘리베이터에서 소리가 나니 이유가 있을 거란 생각이 들었습니다.

같이 있던 팀원과 함께 엘리베이터에서 소리가 나는 현상에 대해 고민하다가, 이내 나름의 답을 찾았습니다. 층을 확인할 수 없는 시각 장애인들을 위해 층

을 지나칠 때마다 소리로 알려주는 게 아닐까 생각한 것입니다. 그때부터 로스앤젤레스를 바라보는 관점이 하나 더 추가되었습니다. 엘리베이터에서도 약자의 입장을 고려할 정도니, 도시 곳곳에 약자를 배려한 장치가 있을 거란 가설이 생겼습니다. 그래서 로스앤젤레스에 머무르는 동안 약자의 눈높이에 맞춘 배려를 찾아보았습니다.

## 1. 해변에서 발견한 배려

하루는 짬이 나 로스앤젤레스의 바닷가에 갔습니다. 바다를 감상하기 위한 목적이 아니라 해변을 따라 구축되고 있는 실리콘 비치Silicon beach가 궁금했기 때문입니다. 실리콘 비치는 실리콘 밸리Silicon valley에 대응하는 개념으로 로스앤젤레스의 스타트업들이 생태계를 이루고 있는 곳을 말합니다. 실리콘 비치의 대표격인 '베니스 비치Venice beach'에 갔으나, 실리콘 밸리와 같은 분위기가 나지는 않았습니다. 실리콘 밸리처럼 주요 기업들의 캠퍼스가 있을 거라 기대했는데, 아직은 그 정도의 생태계를 갖춘 건 아니었습니다. 스타트업 관계자가 아니라면 실체를 알기 어려울 정도였습니다.

실리콘 비치에 대한 환상은 깨졌지만, 바닷가에 간 김에 바람도 쐴 겸 바다 위로 다리를 놓아 만든 전망대를 산책했습니다. 전망대 끝까지 가서 바다 위에 서 있는 듯한 기분을 즐기고 있는데, 장애인 표시가 눈에 들어왔습니다. 직감적으로 약자를 배려한 장치가 있을 거란 생각에 주변을 살펴봤습니다. 아니나 다를까 장애인 표시가 있는 곳에는 난간의 일부를 없애 놓았습니다. 휠체어에 앉아서 바다를 바라보면 난간이 시야에 걸려 풍경을 제대로 감상할 수 없기 때문입니다. 휠체어에 앉아 있는 사람들의 눈높이를 배려한 결과입니다.

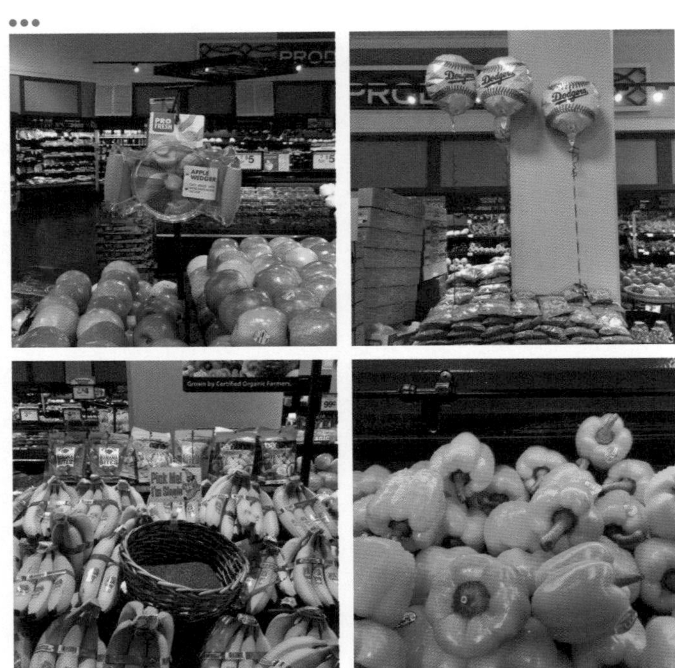


## 2. 마트에서 발견한 배려

'가격 할인의 정석'에서 랄프스 매장의 인사이트를 공유했었는데, 이곳의 매력은 가격 할인의 정석에만 있는 것이 아니었습니다. 판매하는 방식에서도 고객 관점에서 고민한 흔적이 보였습니다. 예를 들어, 과일을 파는 매대에서는 과일을 먹을 때 도움이 되는 도구를 함께 진열해 판다든지, 야구 경기를

보면서 먹기에 적합한 견과류에는 'LA 다저스' 풍선을 매달아 놓는다든지, 바나나를 묶음이 아니라 낱개로 가져갈 수 있는 코너를 둔다든지, 채소에 주기적으로 물을 뿌려 신선함을 유지하는 식입니다.

마트를 둘러보며 충분한 영감을 얻었다고 생각했는데, 계산대 앞에서 또 한 번 눈이 뜨입니다. 휠체어를 탄 사람들을 위해 계산대의 일부를 낮춰 놓았습니다. 약자를 위한 계산대를 따로 구분해둔 것이 아니라 모든 계산대를 약자와 함께 쓸 수 있도록 만든 점이 인상적이었습니다. 장애인도 일반인과 동등한 권리가 있고, 그 권리를 존중하겠다는 뜻입니다.

## 3. 호텔에서 발견한 배려

로스앤젤레스의 다양한 빌딩을 드나들면서 특징적인 점을 발견할 수 있었습니다. 서울에 있는 빌딩과 달리 회전문을 보기가 어려웠습니다. 이유가 무엇일지 고민했습니다. 로스앤젤레스처럼 사시사철 날씨가 화창하고 기온 변화가 크지 않은 환경에서는 굳이 회전문을 만들어 건물 밖의 바람을 차단할 필요가 없기 때문일 거란 생각이 들었습니다.

회전문이 없는 것만큼이나 자동문이 열리는 방식도 특징

적이었습니다. 많은 자동문이 미닫이 방식이 아니라 여닫이 방식으로 설치되어 있었습니다. 이 여닫이문의 손잡이를 살짝 밀어야 문이 자동으로 열리는 시스템이었습니다. 반자동문인 셈인데, 자동문치고는 문을 여는 게 쉽지 않습니다.

스테이플스 센터 근처에 위치한 감각 있는 호텔의 문도 마찬가지였습니다. 하지만 이곳은 휠체어를 탄 사람들의 불편함을 고려해, 문을 밀지 않고도 문 옆에 있는 버튼을 눌러 문을 열 수 있게 만들어 놓았습니다. 그들이 쉽게 호텔을 드나들 수 있도록 배려한 것입니다. 특히 문이 열리는 방향 쪽에 있는 버튼은 문의 폭을 고려해 거리를 두어 설치했습니다. 그렇지 않으면 버튼을 눌렀을 때 문과의 부딪힘을 피하기 위해 휠체어를 뒤로 이동시켜야 하는 불편함이 발생하기 때문입니다. 형식적으로 버튼을 설치한 것이 아니라 약자의 입장에 서서 고민했기에 가능한 일입니다.

할리우드와 비버리힐즈로 대표되는 로스앤젤레스라 유명인이나 부자들을 위한 도시인 줄 알았는데, 꼭 그렇지만은 않았습니다. 도시 곳곳에서 사회적 약자와 함께 하려는 고민의 흔적을 엿볼 수 있었습니다. 로스앤젤레스에 대한 선입견이 바뀐 것은 물론입니다. 차별하여 대우하기보다, 동등하게 대우하기에 더 바람직한 배려의 기술입니다.

# SEOUL

서울

# 에필로그

# 내일이 기다리는 일상이 생각이 기다리는 여행입니다

여권의 첫 페이지를 읽어 보신 적 있나요? 해외여행을 갈 때 없어서는 안될 중요한 물건이지만, 자세히 들여다볼 일은 없었을 것입니다. 어쩌면 읽어보지 않는 게 당연합니다. 여권은 신분을 증명하는 수단이지 책이 아니니까요. 많은 사람들이 무심코 넘기는 여권의 첫 장에는 이렇게 적혀 있습니다.

'대한민국 국민인 이 여권소지인이 아무 지장 없이 통행할 수 있도록 하여 주시고 필요한 모든 편의 및 보호를 베풀어 주실 것을 관계자 여러분께 요청합니다.'

여권 맨 앞 장에 있지만 여권소지자도, 심지어 요청의 대상이 되는 입국심사자도 읽지 않는 내용이라 굳이 없어도 되는 말인 줄 알았습니다. 그러나 코로나19 바이러스로 해외여행이 제한되니, 이 한 문장의 존재감이 커집니다. 여권에 적혀 있는 외교부의 요청이 관계자 여러분께 가닿기를 바라는 마음도 간곡해집니다. 공기처럼 있는지도 몰랐던 말이지만, 적어도 해외여행에 있어서는 공기만큼 중요한 메시지였습니다.

이처럼 든 자리는 몰라도 난 자리는 아는 법입니다. 이제 난 자리를 알았으니, 그 자리를 다시 채우고 싶은데 상황이 여의치 않습니다. 전 세계적으로 확산된 코로나19 바이러스가 언제 잠잠해질지도 모르고, 종식된다 하더라도 각국 정부가 예전처럼 여행객들을 호의적으로 맞이할지도 의문입니다. 물론 코로나19 바이러스가 생기기 전으로 돌아갈 수 있기를 바라지만, 그렇지 않을 경우도 발생할 수 있습니다.

이런 상황에서 여행을 다시 하기 위해 우리가 할 수 있는 일은 무엇일까요? 생활 속 거리두기를 실천하면서 코로나19 바이러스의 전염을 막고 추이를 지켜보는 것 말고는 할 수 있는 일이 마땅히 없어 보입니다. 하지만 생각을 바꿔보면 지금도 코로나19 바이러스가 생기기 이전만큼이나 여행의 기회가 있을지도 모릅니다. 꼭 바다 건너로 떠나는 것만이 여행은 아니니까요. 우리의 일상을 여행하겠다고 마음먹으면 여권이 없어도, 해외여행 못지않은 여행을 할 수 있습니다.

'생각이 기다리는 여행' 역시 비행기를 타야만 가능한 일이 아닙니다. 생각이 기다릴 거라는 기대로 일상을 들여다보면, 반복되는 것만 같은 일상에서도 새로운 생각을 마주칠 수 있습니다. '생각이 기다리는 여행'이라는 푯말 덕분에 도쿄, 타이베이, 발리, 런던, 샌프란시스코, 로스앤젤레스 등에서 무심코 지나쳤을 수도 있었던 생각을 만났던 것과 마찬가지입니다. 결국 생각이 기다리는 여행은 어디를 가느냐보다, 어떻게 보는지가 더 중요합니다. 일상을 여행하면서 새로움을 발견할 수 있다면, 해외여행을 다시 갈 수 있게 되었을 때 더 많은 생각을 만나볼 수 있지 않을까요.

내일이 기다리는 일상이, 생각이 기다리는 여행이 되길 바랍니다.

# 생각이 기다리는 여행

기대할 수 있어도
계획할 수는 없는
여행의 발견

이동진 지음

# 참고 문헌

"궁극적으로 모든 책이 '거대한 한 권의 책'이 되리라고 생각합니다. 모든 디지털책과 종이책은 이 한 권의 책의 일부입니다."

아마존 킨들 개발자 제이슨 머코스키Jason Merkoski가 말하는 콘텐츠의 미래입니다. 책에서 참고한 내용들이 하이퍼링크로 연결되어 거대한 한 권의 책이 될 수 있다는 뜻입니다.

독서 경험은 시작부터 끝까지 한 방향으로 읽는 정적인 독서 경험에서 한 책에서 다른 책으로 넘나들며 역동적이고 다양한 독서 경험을 할 수 있는 환경으로 바뀌고 있습니다. 그래서 《생각이 기다리는 여행》 콘텐츠를 제작하면서 참고했던 책, 잡지, 아티클, 블로그, 동영상 등의 자료들을 링크와 함께 공유합니다. 여행에서 발견할 수 있는 생각의 재료에 대해 더 많은 궁금증이 생긴다면 참고하시기 바랍니다.

## 01 원래 이런 용도가 아닌데요

- 디자인의 디자인 (하라 켄야 지음, 안그라픽스): bit.ly/3cQSsKh

## 02 세상에 없을 뻔한 세상에 없던 센스

- 하기소가 마을을 바꾸는 방식, 바이시리즈: bit.ly/3cTGXBU

## 03 현대적인 과거 혹은 과거다운 현재

- 퇴사준비생의 도쿄 (이동진 외 지음, 더퀘스트): bit.ly/2TpU8CV
- 골목길 자본론 (모종린 지음, 다산북스): bit.ly/2Xk38un

## 04 모닝 커피에 반성 한스푼

- 퇴사준비생의 도쿄 (이동진 외 지음, 더퀘스트): bit.ly/2TpU8CV
- 넨도 디자인 공식 홈페이지: www.nendo.jp

## 05 재해를 대비하는 지혜

- 블랙 스완 (나심 니콜라스 탈레브, 동녘사이언스): bit.ly/2Zn1lY0
- 일본의 주택 건축물의 내진설계 현황, 일본 사는 남자: bit.ly/3frXVI6

## 06 핵심을 꿰뚫으면 달라지는 것들

- 도시재생은 결국 사람을 위한 일이다. 도쿄 '긴자식스', 프럼에이: bit.ly/3cScjbN
- 4월에 신명소 오픈! 긴자 최대사이즈의 '긴자식스' 에 입점 예정 리스트를 입수!, 라이브 재팬: bit.ly/2Xk4wNB

## 07 어느 공항으로 갈까요?

- 타이완 타오위안 국제공항, 나무위키: bit.ly/2XjpAn9
- Regeneration of Taoyuan International Airport Terminal 1, archdaily: bit.ly/3bP7jUd

## 08 언어를 몰라도 해외의 서점에 가는 이유

- Emmanuelle Moureaux architecture + design 공식 홈페이지: www.emmanuellemoureaux.com
- 대만의 밤 문화를 바꾼 청핀 서점&청핀 호텔, 월간 디자인: bit.ly/2TnlLwo
- CNN lists Eslite Spectrum among 'world's coolest department stores', Taiwan today: bit.ly/2ypyjfo

## 09 패키지 안쪽에 그려진 원의 정체

- 뭘 할지는 모르지만 아무거나 하긴 싫어 (이동진 외 지음, 트래블코드): bit.ly/3cS5Ldc

---

## 10 바람을 기다리는 마음

- 안티프래질 (나심 니콜라스 탈레브 지음, 와이즈베리): bit.ly/2WOk3WG

---

## 16 이 제품을 사지 말아야 할 사람은?

- 퇴사준비생의 런던 (이동진 외 지음, 트래블코드): bit.ly/2XhNsI4
- Knomo 공식 홈페이지: www.knomo.com

## 17 시간의 빈 틈에 숨어 있던 기회

- 런던, 클래식하게 여행하기 (박나리 지음, 예담): bit.ly/36kctXi
- 정통 애프터눈 티가 궁금해? 그럼 여기 어때!, 중앙일보: bit.ly/2NqCFqg

## 18 세상에서 가장 멋진 청소차

- 그릿 (앤절라 더크워스 지음, 비즈니스북스): bit.ly/36gnN6u

## 20 베끼고도 떳떳한 편집의 기술

- 뭘 할지는 모르지만 아무거나 하긴 싫어 (이동진 외 지음, 트래블코드): bit.ly/3cS5Ldc
- 런던 박물관 기행 (박보나 지음, 디지털 북스): bit.ly/2WN7POi

- The Cast Courts (Angus Patterson, Marjorie Trusted 지음, V&A Publishing): amzn.to/2LOruqN
- Cool Britannia Programme, 이지윤 대표, Suum: www.suumproject.com

## 21 아트가 된 '퇴사준비생의 런던'

- 퇴사준비생의 런던 (이동진 외 지음, 트래블코드): bit.ly/2XhNsl4

## 22 250년을 이어온 전시회의 비결

- 왕립 아카데미 공식 홈페이지: bit.ly/3cTxtq0
- Cool Britannia Programme, 이지윤 대표, Suum: www.suumproject.com

## 23 버려진 석탄 창고의 위트 있는 변신

- 토마스 헤더윅 스튜디오 공식 홈페이지: www.heatherwick.com
- 런던 수집 (이은이, 김철환 지음, 세미콜론): bit.ly/2BuWXMH

---

## 25 보이지 않는 곳에 담긴 진심

- '배달의 시대'를 거스르는 인앤아웃버거의 배짱, 티타임즈: bit.ly/2TkBo7J
- 뭘 할지는 모르지만 아무거나 하긴 싫어 (이동진 외 지음, 트래블코드): bit.ly/3cS5Ldc

## 26 금문교 수익모델 파헤치기

- All-electronic toll taking begins on Golden Gate Bridge, Los Angeles times: lat.ms/3cQUxWB

## 29 경험의 가치를 높이는 상상력의 힘

- 광고쟁이의 인생 교훈, TED: bit.ly/36gmynQ

# 생각이 기다리는 여행

**초판 1쇄** 2020년 7월 1일 발행
**초판 2쇄** 2020년 7월 17일 발행

**지은이** 이동진
**펴낸이** 이동진
**편집** 이동진
**디자인** 김소미
**인쇄** 영신사

**펴낸곳** 트래블코드
**주소** 서울시 종로구 종로 51 19층 104호
**이메일** contact@travelcode.co.kr
**출판등록** 2017년 4월 11일 제300 2017 54호

**ISBN** 979 11 966077 2 2 03810
**정가** 13,500원